光文社文庫

長編時代小説

秘剣横雲

ひなげし雨竜剣㈡

『秘剣横雲　雪ぐれの渡し』改題

坂岡　真

光　文　社

※本書は、二〇一〇年三月に光文社文庫より刊行した作品を、文字を大きくしたうえでさらに著者が大幅に加筆修正したものです。

目次

「ひなげし雨竜剣」シリーズ　主な登場人物

朝比奈結之助……口入屋「ひなた屋」の用心棒。五年前、妻の死をきっかけに捨て扶持をもらっていた下総の小藩に見切りをつけて、故郷を捨てた。浅草の奥山で曲独楽に次いで人気のある芥子之助を身に付けたところ、朝比奈芥子之助、略して「ひなげし」と綽名された。

おふく……「ひなた屋」の三十路の女将。

おせん……おふくの一人娘。

京次……芳町の蔭間。結之助に救ってもらったので、命の恩人と、生計に困っていた結之助を口入屋「ひなた屋」へ連れていった。

桂甚斎……馬鹿力の馬医者。「ひなた屋」のおふくと懇意にしている。

忠兵衛（牧野忠精）……向島の萬亭に住む隠居。じつは、越後長岡藩の前藩主。いまだ幕閣とは深い縁がある。結之助の腕を見込み、自らの隠宅へ出入りさせる。

深堀左内……越後長岡藩筆頭目付。十文字槍の名手でもある。

佐久間監物……越後長岡藩江戸家老。

霜枯れの紋蔵……いつもは万橋のそばの自身番に屯している岡っ引き。「ひなた屋」のおふくとは懇意にしている。

秘剣横雲《ひけんよこぐも》

一

日本橋《にほんばし》の芳町《よしちょう》から杉ノ森稲荷《すぎのもりいなり》へ通じる細道に、『串八《くしはち》』という田楽屋《でんがく》がある。

くたびれた親爺《おやじ》の名は兆八《ちょうはち》、十六になった娘のおみつは働き者の看板娘だ。

「嬶《かか》ぁは大川《おおかわ》で溺れ死んだ。もう、三年になる。一年目は淋しかったが、二年目からはそうでもなくなった。なぜかって。へへ、おめえさんは信じねえだろうが、嬶ぁは居るのよ。どこにって、ここにさ。厠《かわや》にも居るし、勝手口にも居る。ほれ、衝立《ついたて》の陰にも佇《たたず》んでいやがる。あいつはな、いつもそばに居てくれるんだ。おりゃ、これっぽっちも淋しかねえ」

兆八は酔った勢いでよくそんなはなしをしたが、笑った横顔はいつも淋しげだった。

母親のはなしになると、おみつは勝手口の隅っこに隠れ、声も出さずに泣いていた。

しんみりとした気持ちで呑む酒は小腸《ひやくしろ》に沁《し》み、それからしばらくのあいだは足も遠のいたが、朝比奈結之助《あさひなゆいのすけ》はふとした拍子に串八を訪れたくなった。

杉ノ森稲荷の境内《けいだい》で芥子之助《けしのすけ》を披露して日銭を稼ぎ、空《す》きっ腹《ぱら》を抱えて芳町への帰路をたどる夕暮れなど、鴫焼《しぎや》きの香ばしい匂いに誘われ、ふきだまりのつむじ風に揺れる暖簾《のれん》をうっかり振りわけてしまう。

「おめえさん、芳町の『ひなた屋』に居《い》候《そうろう》してんだってなあ。いつからだい」

半年余りまえのことだ。何年かぶりで舞いもどった江戸は新緑に彩られ、耳を澄ませば不如帰《ほととぎす》の初音が聞こえてきた。抜けるような空の蒼《あお》さが眩《まぶ》しすぎて、俯《うつむ》きながら木立闇《こだちやみ》を当て処《ど》もなく彷徨《さまよ》っていたのをおぼえている。

たまさか拾ってもらったひなた屋は、武家屋敷や商家にもっぱら下女を手配する口入《くちいれ》屋だった。

「女将《おかみ》のおふくは三十路を過ぎたばかりだが、肝っ玉のどっしり据わった姐《あね》さんだ。置屋《おきや》の女将でもあるめえに、身よりのねえ娘っこを何人も引きとって、芸を仕込んでやるなんざ、容易にできるこっちゃねえ。娘たちにしてみりゃ、生き観音にちげえねえや」

生き観音とは言い得て妙だなと、結之助もおもう。

飢饉《ききん》つづきで世の中が殺伐《さつばつ》としているなか、食い詰め浪人の身でつつがなく一日を過ごしていられるのも、嫌な顔ひとつせずに寝食を与えてくれるおふくのおかげだ。

「蔭間《かげま》の京次《きょうじ》に聞いたぜ。おめえさん、凄腕《すごうで》の用心棒だってじゃねえか。なあ、ひとつ聞かせてくれ。おめえさんのことを、どうしてみんなは『ひなげし』って呼ぶんだい」

水を向けられても、結之助は笑ってこたえない。

こたえるかわりに、左手一本で空中小豆《あずき》切りの妙技を披露してみせた。

用意するものは二合半《こなから》の徳利と小豆と鎌、それら三つを天井めがけて順に抛《ほう》り、くるくるまわる鎌の刃で徳利を避けながら小豆をふたつに切るのである。

「す、すんげえ」

ふたつになった小豆を目にした者は、たいてい、度肝を抜かれる。

結之助は糊口《ここう》をしのぐために、芥子之助と称するこの神業《かみわざ》を修得した。

姓の朝比奈に芥子之助、略して「ひなげし」と綽名《あだな》され、地方行脚《あんぎゃ》の旅先ではいつしかそれが通り名になった。とある縁で、ひなた屋に居候させてもらうようになってからも、親しくなった連中は「ひなげしの旦那」と呼んでくれる。

給仕を済ませたおみつが、ぽつりとこぼした。

「ひなげしって、いい呼び名ね。でも、なんだか儚《はかな》い」

初夏の日だまりに人知れず咲いている、可憐な花を思い浮かべたのだろう。

かぼそい茎がそよ風に揺れる様子は、なるほど、儚げで頼りない。

奥ゆかしいたたずまいは、五年前に逝《い》った妻の面影《おもかげ》と重なった。

――わたしのぶんも生きてください。

いまわのきわに妻が発したことばと、未だに決別できない。

ゆえに、こうして生きながらえている。

「そうかい。おめえさんも悲しいおもいをしてきたのかい。人にゃそれぞれ事情ってもんがある。他人に言いたくねえことだって、そりゃいくらでもあろうさ。無理強《じ》いはしねえよ。喋りたくなったら、いつでも暖簾を振りわけてくれ」

兆八は熱燗《あつかん》を一本余計につけ、おみつは酌までしてくれる。

ありがたいな、と結之助はおもった。

かつての自分は、藩主への忠節と侍の矜持《きょうじ》を生きるよすがにしていた。身分も家族も失った今は、市井《しせい》で暮らす人々の善意に支えられている。どん底で喘《あえ》いでいるときに情けをかけてくれた相手には、全身全霊を込めて報《むく》いなければなるまい。

それが人の道だと、結之助はみずからに言い聞かせた。

「もうすぐ霜月《しもつき》だな。裏庭にゃ侘助《わびすけ》がひっそり咲いていやがる。ひなげしよりも侘助のほうが、おめえさんにゃ似つかわしい。そんな気もするがな、どっちにしろ粋なはなしじゃねえか。花に喩《たと》えられる男なんぞ、ざらにはいねえ」

兆八は薄く笑い、胡麻塩頭《ごましおあたま》を掻《か》いた。

「へへ、さしずめ、おれは柊《ひいらぎ》だな。それも花じゃねえ。棘《とげ》を無くして丸くなった古木の葉っぱさ」

今でこそ、茄子《なす》や大根や蒟蒻《こんにゃく》などの田楽刺しを商っているが、そのむかしは御厩河岸《おうまやがし》の渡し船を操る船頭であった。

三年前の冬、強風の吹きつける夕暮れの大川に船を出し、乗せた客ともども水難に遭った。客たちは助かったが、櫓《ろ》を握らせていた女房は川に呑みこまれてしまった。命を拾った兆八は棹を握る気力を失い、商売替えを余儀なくされたのだ。

「大川の流れは気紛《きまぐ》れでな、仲間の船もよく沈んだものさ。御厩河岸は三途《さんず》の渡し、なんぞと皮肉られたこともあった。それでも、おれは渡しの仕事が好きでたまらなかった。ほら、この掌《て》をみてくれ」

兆八は、さきほどまで庖丁を握っていた両掌を差しだした。

手相皺《じわ》が消え、茶色に変色している。

「どうでえ、木の皮みてえだろう。櫓胼胝《ろだこ》といってな、船頭を何十年もやっているとできるのさ」

兆八は胸を張り、淋しげに微笑む。

「嬶ぁのやつが命と引き換えに教えてくれたのさ。もう、船頭はやめなってな。あのまんまつづけていたら、今頃はきっと海の藻屑《もくず》になっていたろうよ。ま、そのほうがよかったかもしれねえけどな」

溜息といっしょに漏れたことばの真意など、結之助には推しはかるべくもない。

兆八が厄介な悩みを抱えていると知ったのは、翌々日、夜の帷《とばり》が下りたころのことだった。

二

常連客で床几《しょうぎ》も埋まりはじめたころ、串八に騒々しく踏みこんでくる連中があった。

手練手管《てれんてくだ》を使って善人から金を搾りとろうとする高利貸しの手下どもだ。

「よう、爺《とっ》つぁん。紅竜《べにりゅう》の丈吉《じょうきち》がまた来てやったぜ。金はできたか」

「おめえさん方に払う金はねえ、出てってくれ」

「そうはいかねえ。へへ、おれさまは駒形屋《こまがたや》利平《りへい》の右腕だ。蔵前《くらまえ》からわざわざ出《で》張《ば》ってきたんだぜ。手ぶらで帰《け》えるわけにゃいくめえ」

「駒形屋も紅竜も知らねえ。聞いたこともねえ」

「ほう。泣く子も黙る紅竜の丈吉さまを知らねえとあっちゃ、おめえも長生きはできねえな。甘茶を嘗《な》めさせてやるぜ」

丈吉と名乗る小悪党は、強面《こわもて》の乾分《こぶん》を三人ほど従えている。

乾分どもは床几に座る常連客を退《ど》かし、どっかと席を占めた。

「お嬢ちゃん、酒が無《ね》えぜ」

ひとりが空徳利《からどつくり》を振り、ついでに土間へ抛りなげる。

徳利が粉微塵《こなみじん》に砕けても、咎《とが》めだてする者はいない。

客たちはみな、関わりを避けて外へ逃れるか、片隅から様子を眺めている。

丈吉は仁王立ちしたまま、ぐっと睨《にら》みを利かせた。

「爺つぁん、今日は何日でえ」

「神無月《かんなづき》の晦日《みそか》だよ」

「そのとおり。望んでも、夜空にゃ月もねえ。おめえはツキを無くしちまった。あの世に逝《い》った嬶ぁの弟に騙され、貸付証文の末尾に名を書いたんだ。つまりは、大金を借りた義弟の請け人になったというわけさ。おぼえがねえとは言わせねえぜ」

「そいつは何かのまちげえだ。でえち、あの野郎とはもう何年も逢っちゃいねえ」

「つれねえことを言うなって。こちとら商売だ。義弟に金を貸すめえに、ちょいと調べさせてもらったのさ。おめえにゃ、この見世《みせ》がある。何よりも、縹緻好《きりょうよ》しと評判の看板娘がいる。そうとなりゃ、貸さねえ手はねえ。だから、物乞いも同然の呑んだくれに五両もの金を都合してやったのよ」

ところが、義理の弟は借りた金を握って賭場へ行き、明《あ》け鴉《がらす》が鳴くころにはすっからかんになった。身ぐるみ剝がされ、素っ裸で寒空のもとに追いだされ、世を儚んだあげく、大川に飛びこんで死んでしまったのだという。

「さぞかし、寒かったろうさ」

世間の冷たさを肌で感じながら義弟は死に、借金だけが残った。

「こねえだも説いたとおり、そいつが顚末《てんまつ》だ。貸付証文の添書はみせたはずだぜ」

「あれは何年もめえ、嬶ぁに頼まれて書いた代物だ。そいつをおめえらが都合のいいように貼りかえただけだろうが」

「言い訳は聞きたかねえな。おめえにしてみりゃ、とんだとばっちりかもしれねえが、こちとら貸した金を返《け》えしてもらわねえことにゃ、おまんまの食いあげなのよ。さあ、今宵が期限だ。貸した金、耳を揃えて返えしてもらおう。へへ、鐚《びた》一文欠けても許さねえぜ」

丈吉は床几を土足で踏みつけ、歌舞伎役者のように見得を切る。

兆八は両拳をぎゅっと握り、血走った目で睨みかえした。

乾分のひとりが睨みあいの間隙《かんげき》を衝《つ》き、おみつの細腕を取った。

「ぬへへ、こっちへ来な」

「いや、やめてください」

「いいじゃねえか。酌をしろ」

おみつは腕を振りほどき、相手の頬を平手で張る。

「痛っ、このあま」

乾分の振りあげた拳を、丈吉が後ろから摑《つか》みとった。

「やめとけ。顔に傷をつけるな」

「へへ、かしこまり」

いざとなったら、おみつを岡場所に売りはらう気でいるのだ。

「ま、待ってくれ」

兆八は怒りを抑え、一歩前へ進みでた。

懐中に手を入れ、布きれに包んだものを差しだす。

「ここに十両ある。くれてやるから、金輪際、見世の敷居はまたがねえでくれ」

「ふん、偉そうに骨箱《こつばこ》を鳴らしやがって」

丈吉は十両の包みをふんだくり、重みを確かめた。

「爺つぁん、今夜のところは勘弁してやる。また寄せてもらうぜ」

「何だって」

「へへ、十両じゃ足りねえのよ」

「こ、こねえだは十両と言ったはずだ」

「あれから半月経ったろう。ご存じのとおり、借金にゃ利子ってもんが付く。できそこないの義弟が借りた金は五両だが、四十九日が過ぎたら倍に膨らんだ。そいつをな、これから半月で三倍になっちまった。あと五両ばかし足りねえ。頂戴しにこなくちゃならねえ」

「頼む。いじめねえでくれ。その十両は、なけなしの金なんだ」

「泣き落としかい。たとい、可愛い娘の嫁入りに使う金だとしても、んなことは関わりねえ。おい、親爺、金貸しを嘗めんなよ」

「くそっ、悪党め」

兆八は摑みかかろうとしたが、ひょいと足を引っかけられ、顔から土間に落ちていった。

俯《うつぶ》せになった背中を、丈吉は雪駄《せった》で踏みつける。

「ふへへ、痛《いて》えか」

おみつが叫んだ。

「やめて、お願い。やめてください」

「うるせえ。おめえはこっちに来い」

おみつは乾分たちに抱きすくめられ、仰向《あおむ》けで床几に寝かされた。

「いや、やめて」

手足をばたつかせても、三人の男の力には抗《あらが》うべくもない。

「紅竜の兄貴、ちょいと味見させてくれ」

「ふん、やりてえようにやりゃいいさ」

「へへ、そうこなくっちゃ」

乾分のひとりが、しゅっとおみつの帯を解いた。

「や、やめてくれ」

兆八は俯せで喚《わめ》いた途端、丈吉に頰を蹴られた。

「うっ」

血のかたまりを吐き、ぐったりする。

客たちは悪党どもの迫力に気圧《けお》され、口出しひとつできない。

気づいてみれば、見世の外にも野次馬どもが集まっていた。

誰もが固唾《かたず》を吞むなか、ひとりだけ騒ぎに背を向け、手酌で酒を吞んでいる浪人がいる。床几の端、衝立《ついたて》のそばだ。

「おい、そこの浪人さんよ」

あまりに静かすぎるので、かえって気になるのか、丈吉は声を張りあげた。

「余裕綽々《しやくしやく》じゃねえか。何でこっちを向かねえ」

浪人は黙々と酒を呑み、平串に刺さった茄子の鴫焼きを齧《かじ》る。

「何とか言ったらどうなんでえ。それとも、耳が聞こえねえのか」

目顔で指図を受けた乾分のひとりが、浪人の背後に近づいた。

「おい、さんぴん」

気軽に呼びかけ、肩に手を掛けようとする。

つぎの瞬間、乾分は「ぎゃっ」と悲鳴をあげた。

「ん、どうした」

手の甲を竹の平串で深々と貫かれている。

「こ、この野郎」

丈吉は裾《すそ》を捲《まく》り、凄んでみせた。

浪人は背中を向けたまま、のっそり立ちあがる。

「うえっ」

小悪党どもは息を呑んだ。

浪人の背丈は六尺を優に超えている。

巨木が屈起《くっき》したかのようで、天井が低く感じられた。

丈吉は額に脂汗を滲《にじ》ませつつも、強気の態度をくずさない。

「野良犬め、文句あんのか」

「さあて、どうかな」

振りむいた浪人の顔は穏やかだが、眼差しは鋭い。

結之助であった。

「てめえ、何者だ」

「蛆虫《うじむし》どもに教える名はない」

「あんだと、この」

丈吉は猫背になり、懐中に呑んだ匕首《あいくち》を抜いた。

結之助は動じもせず、乾分どもに向きなおる。

「おぬしら、戸板を一枚用意しておけ」

「へ」

疾風が渦巻いた。

垢じみた焦げ茶の袖がひるがえり、いつのまにか、結之助の小脇に丈吉の右腕が挟まっている。

「い、痛え」

匕首が土間に転げおちた。

肘をしっかりきめられているので、丈吉は背伸びした恰好で動けない。

結之助は低く発した。

「わたしは串八の用心棒だ。こんど見世の敷居をまたいだら、あの世へ逝ってもらう」

「わ、わかった。た、頼むから……は、放してくれ」

「それはできぬ」

「え」

「おぬしは少し、他人の痛みを知ったほうがよい」

「うえっ、や、やめろ……やめてくれ」

ぐきっと鈍い音が響き、丈吉は土間に転がった。

関節を外された右腕が、とんでもない方向に曲がっている。

結之助は足の裏で丈吉の頭を踏みつけ、鳩尾《みぞおち》に左の拳を叩きこんだ。

「うっ」

ぐったりした小悪党の袖をまさぐり、十両の包みを奪いかえす。

乾分どもは呆気《あっけ》にとられていたが、結之助に促されて丈吉を戸板に乗せ、すごすごと退散していった。

静まりかえった店内に、突如、拍手と歓声がわきおこった。

「旦那、ありがとうごぜえやす。ありがとうごぜえやす」

兆八とおみつが並んで座り、泣きながら土下座をする。

「おいおい、やめてくれ」

結之助は、恥ずかしそうに頬を赤らめた。

その顔には、もはや、殺気の欠片《かけら》もない。

「ここに置くぞ」

十両の包みと飲み代を床几に置き、結之助はそそくさと見世を出た。

野次馬どもは左右に分かれ、神仏でも崇《あが》めるように見送る。

「ひなげしの旦那、またお越しくださいね」

おみつが明るく弾むように声を掛けても、振りむこうとしない。

大きな背中はどんどん遠ざかり、露地《ろじ》の暗闇に溶けていった。

三

霜月朔日《しもつきついたち》は芝居正月、極彩色の幟《のぼり》がはためく芝居町《しばいまち》は熱気に包まれ、千両役者の顔見世狂言に集《つど》う芝居好きたちで早朝から立錐《りっすい》の余地もないほどだ。

黒板塀《くろいたべい》に囲まれたひなた屋は、芝居町と道ひとつ隔てた袋小路の奥にある。

小便臭い露地裏に迷いこんでくるのは酔っぱらいか野良猫くらいのもので、よほどの用事でもなければ訪れる物好きはいない。華やかな芝居町と背中合わせでありながら、事情《わけ》ありの日陰者たちが集うところのようだった。

見世は鰻《うなぎ》の寝床なみに奥行きが深く、玄関をはいった八畳間には猫板《ねこいた》と抽出《ひきだし》の付いた長火鉢が置かれている。

おふくは丸々と太った三毛猫を膝に抱き、鉄火箸で灰を突っついていた。

「聞いたよ。串八の父娘を助けたんだって。駒形屋利平の噂なら、小耳《こみみ》に挟んだことがあるよ。札差《ふださし》の提灯《ちょうちん》持ちでね、金のためなら、どんなにあくどいことも平気でやってのける下司《げす》野郎らしい。おまえさん、利平の手下をぎゃふんと言わせてやったんだろう。それを聞いて、あたしゃ鼻高々さ。おかげで胸がすっとした。溜まった憂《う》さも吹きとんじまったよ」

おふくはふっくらした白い両頬に、えくぼをつくって微笑んだ。

ひなた屋に旦那はおらず、女将が細腕一本で切り盛りしている。

生得《せいとく》の侠気《きようき》から、行き場のない娘たちに寝食を与えているのだが、身を寄せる者のなかには所帯を持ったことのある女もおり、亭主や情夫の暴力に耐えきれず、着の身着のままで逃げこんだ女たちにとって、ひなた屋は縁切寺のようなところだった。

日陰者の逃げこむさきかもしれないが、せめて屋号だけでも暖かいものにしたいという願いから、おふくは見世を「ひなた屋」と名付けたのだ。

「困っている者がいたら、情けをかけてあげる。相身《あいみ》たがいといってね、それが露地裏に住む貧乏人の決め事さ。おせんも喜んでいたよ」

と聞いて、結之助ははっとした。

おせんはおふくの一人娘で歳は十三、外見は育ち盛りの娘と何ら変わらないが、智恵と感情は四つか五つの年齢で止まっている。

「あの子は蒲団にくるまっているよ。ふくら雀みたいにね、目だけはぱっちり開けているのさ。おせんには不思議な力があってね、一見しただけで、たちどころに善人と悪人の区別がつくんだよ。妙なことを言うのさ。悪人の心は渇いているけど、善人の心はいつも濡れているってね。わかるかい。おまえさんなら、わかってくれそうな気もするけど」

よくわかる。おせんとは気持ちが通じあっている。

おふくは猪口に冷や酒を注《つ》ぎ、粋な仕種《しぐさ》ですっと呷《あお》ってみせた。

「ぷはあ、沁《し》みる。このお酒、何だかわかるかい。備後《びんご》は鞆《とも》の保命酒《ほうめいしゅ》だよ。命を保つと書いて保命酒、そんじょそこらで手にはいる代物じゃない。ふふ、知りあいの献残屋《けんざんや》を誑《たら》しこんで手に入れたのさ。公方《くぼう》さまが養生のために呑みなさる御用銘酒だよ。おまえさんも呑むかい」

「遠慮しておこう」

拒んだついでに腰をあげると、おふくは上目遣いに問うた。

「稼ぎにいくのかい」

「ふむ」

結之助は愛刀の同田貫《どうたぬき》を摑み、左手一本で帯に差す。

「ちょいとお待ち。切り火を切ってあげる」

おふくは重そうな尻を持ちあげ、長火鉢の脇から擦りぬけてきた。

三毛猫を上がり框《かまち》に置き、裸足に下駄をつっかける。

手にした燧石《ひうちいし》を掲げ、耳許で切り火を切ってくれた。

「すまぬ」

「水臭いね。礼なんぞいらないよ。あ、そうだ。おせんの好きな『笹《ささ》屋』の串団子を土産に買ってきておくれ」

「承知した」

「お金は」

「稼ぎのなかから買わせてほしい」

「そうかい。なら、お願いするよ」

「では」

「行ってらっしゃい。お礼参りにゃ気をつけるんだよ」

結之助はにっこり笑い、軽く頷《うなず》いて外へ出た。

蒼天を仰げば、朝焼けに染まった鰯雲《いわしぐも》が泳いでいる。

風は身を切るほど冷たいが、日だまりを歩けば心地よい。

表通りに踏みだした途端、渦のような喧噪《けんそう》に呑みこまれた。

魚河岸寄りの葺屋町《ふきやちょう》には市村《いちむら》座、福山蕎麦《ふくやまそば》を挟んで堺町《さかいちょう》には中村《なかむら》座、二丁《にちょう》町《まち》とも呼ぶ芝居町の賑わいを逃れ、楽屋新道《がくやしんみち》を突っきる。岩代町《いわしろちょう》と新乗物町《しんのりものちょう》を越え、大道芸人が日銭を稼ぐ杉ノ森稲荷の境内へ向かった。

杉林に囲まれた稲荷社は富場《とみば》としても知られ、訪れる参詣客も少なくない。境内には香具師《やし》たちの売り声が響き、大道芸人たちが十八番《おはこ》の技を披露していた。

駕籠抜けに立鼓《りゅうご》廻しに角兵衛《かくべえ》獅子、怪力《かいりき》女に剣呑み男、祭文《さいもん》語りに人形使い、浅草《あさくさ》の奥山《おくやま》や両国《りょうごく》の広小路《ひろこうじ》にも劣らぬ顔ぶれが揃っているものの、見物人はまばらだ。

参道脇に聳《そび》える御神木のそばから、聞き慣れた口上《こうじょう》役の声が聞こえてくる。

「さあ、寄ってらっしゃい。こちらは居合抜きの名人だ」

小柄な口上役は顔見知りで、名を俵太《ひょうた》という。

後ろに控える武張《ぶば》った浪人者に見覚えはない。

「こちらは弓削征四郎《ゆげせいしろう》どの。日の本に並びなき水鷗流《すいおうりゅう》の達人にござりまする。まずは、腕前のほどを披露して進ぜましょう」

俵太は地面に刺した棒杭のうえに、渋柿をひとつ置いた。

「ご覧のとおり、何ひとつ細工はございませぬ。この柿をば、すぱっと、横一文字に切ってみせまする。さあ、名人、こちらへ」

「かしこまった」

弓削征四郎は獅子のような鼻で吸った息を、長々と吐きだした。

「ひょ……っ」

奇妙な掛け声ともども、左足を踏みだす。

ひと筋の閃光《せんこう》が奔《はし》った。

と同時に、白刃《はくじん》は黒鞘《くろさや》に納まっている。

柿は切られるどころか、動いた形跡もない。

俵太は何食わぬ顔で、棒杭に近づいていった。

「さて、ご覧《ろう》じろ」

へたを摘《つま》むと、柿はふたつになり、汁が棒杭を伝って零《こぼ》れおちた。

「お見事」

やんやの喝采を送るのは、こちらもよく見掛けるさくらの男だ。

ここぞとばかりに、俵太は疳高《かんだか》い声を張りあげた。

「さあ、これにある袋はお馴染み、越中富山《えっちゅうとやま》の反魂丹《はんごんたん》、霍乱《かくらん》を鎮める薬だよ。

買ってくれたら、名人のさらなる妙技をご披露進ぜよう。さあ、買った買った」

気づいてみれば、けっこうな見物人が集まっている。

定番の丸薬がひとしきり売りさばかれると、周囲はしんと静まりかえった。

「はてさて。どなたか、勇気のある御仁《ごじん》はおられぬか」

俵太は見物人をぐるりと見渡し、結之助に目を留めた。

頼む、ひとはだ脱いでくれと、目顔で訴えかけてくる。

結之助は仕方なく踏みだし、地面に敷かれた筵《むしろ》の縁に歩みよった。

「ありがたや。みなさま、こちらのご浪人に拍手拍手。はてさて。さきほどと同じものをご披露したとて、おもしろくもなんともござらぬ。ご覧のとおり、名人は目隠しをいたしまする」

おい待てと、胸の裡《うち》で叫んだが、いったん請けた以上、やめるわけにはいかない。

筵《むしろ》に正座すると、頭のうえに渋柿を置かれた。

名人はちらりと柿の位置をたしかめ、黒手拭いで目隠しをする。

見物人たちは、ごくっと生唾を呑みこんだ。

ほかの芸人たちも、遠目から心配そうに見守っている。

「さあて、仕度は整った。ご浪人、貴殿にも目隠しをして進ぜようか」

「いいや、このままでけっこう」

結之助は低声《こごえ》で言い、ぴくりとも動かない。

「さすが、ひなげしの旦那」

俵太はうっかり口を滑らせ、ごまかすように声を張る。

「さあ、名人。すっぱり、切っていただきましょう」

「かしこまった」

弓削は目隠しのまま無造作に、二、三歩近づいてきた。

胸を張って鼻から息を吸いこみ、ぶほうっと口から吐きだす。

すっと腰を沈め、左足を半歩踏みだした。

「ひょ……っ」

一閃《いっせん》、刃風が結之助の鬢《びん》を揺らす。

鍔鳴《つばな》りが聞こえ、白刃は黒鞘に納まった。

「す、すんげえ」

見物人たちは、目を丸くする。

もはや、確かめるまでもない。

柿汁が髪を濡らし、頬を伝って落ちてきた。

やるな、こやつ。

太刀筋に、ごまかしはない。

さしもの結之助も、唸《うな》るほどの居合技であった。

弓削征四郎は目隠しを外し、人懐こい笑顔をかたむける。

「かたじけない。よろしければ、ご姓名を」

「朝比奈結之助と申す」

「されば、朝比奈どの。一献《いっこん》、付きあってもらえぬか」

格別に拒む理由もないので、結之助はこくりと頷いた。

四

中食《ちゅうじき》のころ、ふたりは稼ぎもそこそこに、串八の暖簾を振りわけた。

「いらっしゃい」

おみつが嬉しそうに出迎える。

兆八も板場からわざわざ挨拶に訪れ、下にも置かぬ態度で床几に招く。

注文したわけでもないのに、すぐさま、熱燗と田楽の盛り皿が出された。

「昨晩はお助けいただき、ありがとうございました。おとっつぁんから、せめてもの感謝のしるしです」

「そうはいかぬ」

「いいえ、これくらいのことしかできませんので。遠慮されたら、かえって困ります」

「わかった、頂戴しよう。すまぬな」

ぺこりと頭を下げると、おみつはぽっと頬を染めた。

「ふふ、ごちそうさまだな」

対座する弓削は二合半《こなから》の徳利を摘み、盃に注いでくる。

「あの娘、おぬしにほの字だぞ。気づかぬのか」

「いっこうに」

「ま、その気がなければ、知らぬふりをしておいたがよかろうさ。波風は立てぬほうが生きやすいからな」

結之助は注がれた酒を干し、相手の盃に差し口をかたむける。

弓削は心から嬉しそうに微笑み、返杯の酒をひと息に呷った。

口をはふはふさせながら大根を頬張り、顔をみるまに紅《あか》くする。

「ほんとうは下戸《げこ》でな。ふふ、そうはみえまい」

「はあ」

いささか、驚かされた。鰓《えら》の張った無骨な容貌と熊のようなからだつきから推せば、下戸とはおもえなかった。

「見かけ倒しというやつでな。酒では何度も失敗《しくじ》っておる。今日のように、楽しいときや嬉しいときは、下戸でも酒を呑みたくなる。分《ぶん》をわきまえずに呑みすぎて、あとでひどい目に遭うのさ」

そんなはなしをしながら、弓削は盃を差しだす。

仕方なく注いでやると、二杯目も一気に呷った。

「ふう、目がまわる。されど、よい気分になってきた。ほれ、尻が宙に浮いておる」

「大丈夫ですか」

「心配はいらぬ。三杯までは平気だ」

弓削は酌を強要し、三杯目もかぽっと空けるや、床几に平伏した。

「朝比奈どの、あのようなまねをさせて、まことに申し訳ない。お許しくだされ。

このとおりでござる」

「おやめください。もう、済んだことです」

「さようか。許していただけるか。ありがたい。されど、侍も堕《お》ちたものよな。

ああでもせねば、銭が稼げぬ。銭が無ければ、妻の薬も買えぬ」

「ご新造《しんぞう》はご病気なのですか」

「ながいあいだ、胸を患っておる」

「それはお気の毒に」

「拙者《せっしゃ》は以前、備後福山《ふくやま》藩の国許で番方《ばんかた》をやっておった。されど、つまらぬ意地を張って出奔《しゅっぽん》した。今にしておもえば、莫迦《ばか》なことをしたものだ。藩を捨て、故郷を捨て、妻には口に言えぬほどの苦労をかけた。妻の命と侍の矜持《きょうじ》を天秤に掛けたら、今は微塵《みじん》の躊躇《ためら》いもなく、命のほうが重いとこたえよう。物乞いをやってでも、拙者は薬代が欲しいのよ」

一見したところ、充血した目で訴える弓削の顔に偽りはない。

結之助は咄嗟《とっさ》に、羨ましいと感じた。

弓削には守るべきものがある。

たいせつな相手が生きてこの世にいる。

それほど羨ましいことはない。

弓削は四角い顎《あご》を突きだした。

「おぬし、ご新造は」

「五年前に失いました」

「身罷《みまか》られたのか」

「はい」

「それは、申し訳ないことを聞いた」

「かまいませんよ」

「失礼だが、おぬし、歳は」

「三十三です」

「なるほど、わしより六つも若いが、何やら同じ匂いがする。もしや、どこぞの藩を出奔なされたのではあるまいか」

「ご推察のとおり、下総《しもうさ》の小見川《おみがわ》藩を出奔いたしました」

妻の死をきっかけに、捨て扶持《ぶち》を貰っていた小見川藩に見切りをつけた。しばらく江戸に居を求めたのち、虚無僧《こむそう》寺として知られる青梅《おうめ》の鈴法寺《れいほうじ》を訪ね、寺で貰った鉢ひとつ携えて関八州《かんはっしゅう》を経巡《へめぐ》った。

旅先では悲惨な光景を目に焼きつけた。間引きした子を食う親もいれば、疫病で死に絶えた村もあった。飢饉《ききん》の惨状をみるにつけ、生死の狭間でもがく人間の業《ごう》におもいを馳せた。さらには、米を売り惜しんで暴利を貪《むさぼ》る悪徳商人や、悪徳商人と結託して百姓を虐《しいた》げる為政者のあることを知った。名状《めいじょう》しがたい憤りを腹に溜めこみ、津軽《つがる》半島の突端から薩摩《さつま》半島の南端まで諸国流浪の旅を経て、何年かぶりで江戸に舞いもどったのだ。

「苦労をなされたようだな。されど、出奔の理由は問うまい。小見川は生まれ故郷でござろうか」

「いかにも」

小見川藩の石高は一万石にすぎず、藩の大きさから言うと、十一万石の福山藩とはくらべものにならない。

「たしか、小見川は船運で成りたつ土地であったな。拙者の生まれた鞆《とも》も瀬戸内に面しておる。これも何かの縁よ」

鞆という地名を聞き、おふくが養生のために呑んでいた保命酒のことをおもいだす。

弓削はじっと天井をみつめ、目を合わさずに問うてきた。

「ご新造は病死であられたのか」

「産後の肥立ちが悪かったゆえ」

「産後の……されば、お子も」

「いいえ、娘は無事に。されど、生まれてすぐ、別れ別れになりました」

妻の忘れ形見を手許に置いて育てたいとおもったが、赤子は妻の実家に引きとってもらった。義母はしっかりした女性で、三人の子をいずれも立派に成人させていた。乳飲み子の行く末をおもえば、手放す以外に方法はなかった。義母も、そのことを望んでいた。望まれて貰われていくのであれば、娘もきっと幸福になることができる。そうやって、自分を納得させた。

しんしんと雪の降る晩だった。義母には「二度と逢ってくれるな」と、きっぱり告げられた。生涯、親子の名乗りができぬのなら、せめて、名だけでも付けさせてほしいと頼んだ。深い静寂のなかで、降る雪の音を聞いたような気がした。ゆえに、泣きながら「雪音《ゆきね》」と紙に書き、義母に手渡した。

あれから五年、娘を捨てたも同じではないかという罪の意識にさいなまれ、今でも眠れぬ夜を過ごすことがある。

「辛いな」

弓削は懐中から、一枚の紙を取りだした。

黄ばんだ瓦版の裏に、子どもの筆で絵が描かれている。

「拙者の息子が三つのときに描いた絵さ。こっちがわしで、そっちが妻、まんなかに本人がおる」

「すばらしいできばえですね」

「宝物だ。それが形見となり申した」

「え」

弓削は涙ぐみ、四杯目の酌を求める。

結之助はためらいつつも、注いでやった。

「三年前、息子は流行病《はやりやまい》で逝《い》きおった。小さなからだが冷たくなるのは、何よりも耐え難いものよな。妻は生きる気力を失い、拙者も魂の抜け殻のようになった。されど、今もこうして生きながらえておる。人とは浅ましいものよ。どのような辛い目に遭おうとも、腹は減るし、眠くもなる。生きているかぎり、飯を食って眠る誘惑からは逃れられぬ」

弓削は盃を呷り、きっぱり言いきる。

「迎えがくるまでは天寿を全うしようと、拙者はさようにおもうておる。運命に逆らってはならぬと、息子に叱咤《しった》されているような気がするのだ」

　冷めた大根を食う男が哀れに感じられた。

「ところで、さきほどから、気になることがひとつある」

「何でしょう」

「その右腕、使っておられぬようだ。酒を注ぐときも、串を取るときも、おぬしは左手だけを使っておる。もしや、右手は利《き》かぬのか」

　結之助は悲しげに微笑み、左手を右袖の奥に突っこんだ。

　ぎりっと、力任せに右肘を捻《ひね》る。

　刹那《せつな》、右腕の肘から下が、ぼそっと床几に落ちた。

「うおっ」

　弓削は絶句する。

　結之助は静かに謝った。

「驚かしてすみません。これは義手です」

　糝粉《しんこ》細工の名人に作ってもらった代物だ。

　義手を外せば、右肘の先端があらわになる。

「ちと、ごめん」

弓削はめずらしそうに先端を眺め、深々と溜息を吐《つ》いた。

「それは刃物で断った傷跡のようだ。もしや、五年前の出奔も、失われた右腕と関わりがおありか」

結之助は顎《あご》を引き、黙然《もくねん》と盃をかたむける。

事情をつまびらかに語る気はないし、弓削もそれ以上は聞いてこなかった。

「呑もう」

弓削は赤ら顔で徳利をかたむけ、盃から酒を溢《あふ》れさせる。

「やはり、いかんな」

「酔われたか」

「ふむ」

そこへ、兆八みずから、吸い物を盆に載せてやってきた。

「旦那、これをどうぞ」

「ん」

弓削は吸い物を啜《すす》り、満足そうに微笑む。

「爺《とっ》つぁん、これは」

「鮟皮《あんぴ》の吸い物だよ」

「美味《うま》いな」

「酔い覚ましにゃ、そいつがいちばんさ」

「かたじけない」

弓削は礼を言い、とろとろしはじめたかとおもったら、座ったままで鼾《いびき》を搔きはじめた。

五

翌日。

結之助は両国広小路でひと稼ぎしたあと、柳橋《やなぎばし》を渡って蔵前《くらまえ》大路を突っきり、成田不動尊《なりたふどうそん》まで足を延ばした。不動尊の境内で芥子之助を披露し、別に意識したわけではないが、門前町の一画にある駒形屋利平の豪壮な家屋敷を眺め、くるっと踵《きびす》を返して御厩河岸の渡しへ向かう。

「旦那、乗られやすかあ」

船頭の呼びかけに誘われ、桟橋《さんばし》に降りていった。

数人の客を乗せた渡し船は軽快に水脈《みお》を曳《ひ》き、大川に黄金《こがね》色の波を煌《きら》めかせた。

対岸の桟橋から陸へあがると、眼前に大名屋敷の海鼠塀《なまこべい》がそそりたっている。

向かって右は日向延岡《ひゅうがのべおか》藩七万石、左は備後《びんご》福山藩十一万石の下屋敷だ。

福山藩といえば保命酒、弓削征四郎が出奔した藩にほかならない。

若き藩主阿部伊勢守正弘《あべいせのかみまさひろ》は英明の誉《ほま》れも高く、さきごろ幕府の重職である奏者番《そうじゃばん》に任じられたばかりだ。

結之助は阿部屋敷の塀沿いに北へ進み、眼病に効験《こうげん》のある多田《ただ》薬師までやってきた。

何度か稼ぎにきた薬師の鳥居を見上げ、ほっと溜息を吐く。

さきほどから何者かの殺気を感じていたが、かまわずに鳥居をくぐり、参道を足早に進んだ。

「おい」

背後から、呼びとめられた。

ばらばらと、何人かの跫音《あしおと》が迫ってくる。

振りむけば、強面の連中が五人ほど走ってきた。

「すわっ、喧嘩か」

参詣人たちは、参道脇へ逃げていく。

「おれの顔を忘れたわけじゃあるめえな」

見知った悪相が一歩前へ踏みだした。

右腕に布を巻き、首から吊っている。

紅竜の丈吉であった。

「成田不動でおめえを見掛けてな、ずっと様子を窺《うかが》っていたのよ」

「お礼参りなら、やめておけ」

「へへ、てえした自信じゃねえか。でもな、こねえだのようなわけにゃいかねえぜ」

丈吉は不敵に笑い、後ろに首を捻った。

「先生、出番ですぜ」

どうやら、用心棒を雇ったらしい。

ひょっこりあらわれた男の顔をみて、結之助は「ん」と声を漏らした。

「どうしたい。びびっちまったのか。こちらはな、日の本に並ぶ者もいねえ居合抜きの名人だぜ」

声を張る丈吉の隣で、弓削征四郎が困ったように佇《たたず》んでいる。

「さあ、先生。あの野郎をぎゃふんと言わせてやってくれ」

「ぎゃふんか、まいったな」

「おや、できねえと仰《おつしや》る」

「いや、そうではないが」

「だったら、ちゃちゃっとやっちまってくんな。まんがいち、あいつに負かされたら、用心棒代は払えねえぜ」

「それは困る」

弓削は頭を掻きながら、ゆったり近づいてくる。

結之助は身構えた。

妙な偶然もあるものだ。

——物乞いをやってでも、拙者は薬代が欲しいのよ。

という弓削の台詞《せりふ》をおもいだす。

小悪党どもは、遠巻きに囲んだ。

弓削は足を止め、じっと動かない。

丈吉が痺《しび》れを切らし、背後からけしかけた。

「先生、そいつの右腕をぶった斬ってくれ。へへ、おれと同じ痛みを味わわしてやりてえんだ」

「承知した」

弓削は頷いたそばから、片目を瞑《つむ》ってみせる。

阿吽《あうん》の呼吸で、やりたいことが伝わってきた。

結之助は正対し、左手で愛刀の同田貫を抜きはなつ。

「まいる」

弓削はつっと身を寄せ、左の親指で鯉口《こいぐち》を切った。

「ひょ……っ」

抜き際の一撃が腹を剔《えぐ》りにかかる。

これをどうにか弾くと、弓削は上段から白刃を叩きつけてきた。

「なんの」

刃と刃が重なり、火花が激しく散る。

そのまま縺《もつ》れこみ、鎬《しのぎ》を削るようにみせかけながら、弓削は囁《ささや》きかけてきた。

「すまぬ。この場は花を持たせてくれ」

結之助は応じるかわりに、ぱっとからだを離す。

左手で握った柄《つか》に義手を添え、斜め上段から斬りつけた。

「とあっ」

つぎの瞬間、下段から白刃が跳ねあがった。

「ひょ……っ」

独特の気合いもろとも、結之助の義手がすぱっと断たれる。

「うぬっ」

本物にしかみえない義手がくるくる旋回し、甃《いしだたみ》のうえに落ちた。

「ひぇええ」

そばに立っていた老婆が腰を抜かす。

「や、やったぜ」

丈吉たちは呆気にとられていた。

結之助は右腕を押さえて蹲《うずくま》り、がたがた震えだす。

我ながら、迫真の演技だ。

もちろん、血は出ていない。それでも、丈吉たちは結之助が斬られたとおもうにちがいない。

「へへ、ざまあみやがれ」

近づこうとする丈吉を、弓削がさっと止めた。

「手負いの獣に近づくな。死ぬぞ」

なるほど、結之助の左手には、刀がしっかり握られている。

「まいろう。長居は無用だ」

「くそっ、わかったよ」

弓削に導かれ、ごろつきどもは去っていく。

肩を怒らせた連中が鳥居の向こうに消えると、結之助は何食わぬ顔で立ちあがり、みずからの「腕」を拾いあげた。

六

夕刻、芳町のひなた屋に戻ってみると、雪のように肌の白い娘が玄関先で寒そうに待っていた。

おせんだ。

結之助のすがたを目敏《めざと》くみつけ、袖を振りながら駆けてくる。

「ひなげしのおっちゃん、おかえり。笹屋の串団子、買ってきてくれたかい」

どうやら、目当てはそれらしい。

「忘れた」

とぼけてみせた途端、十三の娘はぷっと頰を膨らませる。

「ほうら、あるぞ」

串団子の包みを差しだすと、おせんは満面に笑みを浮かべた。

「ありがとう」

包みを奪いとり、子鹿のように走りだす。

結之助の頰が弛《ゆる》んだ。

踏みだしたところへ、何者かの気配が迫る。

「朝比奈どの」

快活な声の主は、弓削征四郎だ。

「串八の親爺におぬしの居所を聞いてまいった。ほれ、下戸にしては気の利いた土産であろう」

手に提げた一升徳利をみせられても、結之助は表情を変えない。

だが、誠意は伝わっていた。

「従《つ》いてきてくれ」

弓削を促し、小便臭い一本裏手の露地へ向かう。

ずらっと軒を並べた茶屋のなかから『五右衛門《ごえもん》』という見世を選び、派手な染め暖簾を振りわけた。

「ごめん、誰かおらぬか」

奥に呼びかけると、壁のように顔を白く塗った蔭間《かげま》があらわれ、少し驚いた表情をみせる。

「おや、おめずらしい」

薹《とう》の立った男の名は京次、ひなた屋で世話になるきっかけをつくってくれた蔭間だ。

「ほんにまあ、ひなげしの旦那がおみえになるなんて、どういう風の吹きまわしだろう。うふふ、目当てがあたいなら嬉しいんだけど、どうせ、ちがうんでしょ」

粘《ねば》つくような眼差しが、後ろの弓削に貼りついた。

「あら、そちらの旦那は」

「弓削征四郎どのだ」

「あらまあ、好《い》い男。もしや、こちらのご趣味はおありなの」

「ないない、堪忍してくれ」

弓削は言下に否定し、頭をしきりに掻いて雲脂《ふけ》を撒《ま》きちらす。

「おえっ、小汚いお侍だよ」

渋い顔をつくる京次に、結之助は頼みこむ。

「小あがりでも貸してもらえぬか」

「悪だくみのご相談かい。うふふ、ちゃんとしたお部屋をご用意いたしましょ」

「すまぬ」

蔭間にしては骨太な京次に招かれ、ふたりは廊下にあがった。

左右に並んだ部屋のひとつから、淫靡《いんび》な呻《うめ》きが漏れ聞こえてくる。

「ふはは、おもしろい」

弓削は大笑《たいしょう》し、京次に睨まれた。

「野暮な旦那だねえ。他人の恋路を邪魔しちゃいけないよ」

「や、失敬。こうしたところは慣れておらぬゆえ、何やら可笑《おか》しゅうてな。ところで、『五右衛門』という屋号は、やはり、釜茹での釜に引っかけたのか」

「そうだよ。茹でられるまえに釜を抜けってね。どっちにしろ、けつの穴が小さいやつは出入り御免だよ」

「うほほ、益々おもしろい。朝比奈どのは足繁く通われるのか」

「今日がはじめてですよ」

「ほう。それは、すまぬことをしたな」

導かれたのは、坪庭のみえる奥座敷だった。

畳の縁《へり》は錦糸入りで、床の間には違い棚までしつらえてある。

軸に描かれたのは坊主と蔭間が戯れる危《あぶ》な絵《え》だが、青磁《せいじ》に似せた一輪挿《ざ》しには薄紅色の侘助《わびすけ》が挿してあった。さすがは江戸でも高いことで知られる六軒町《ろつけんちよう》の蔭間茶屋、部屋のつくりも趣向も凝っている。

「京次、よいのか。ここを使って」

「いいよ。あたいはね、ひなげしの旦那に惚れてんだよ。片思いだけど、好きな相手に頼まれたら、何だってしてあげたくなるのさ。うふふ、お酒はあるようだから、肴《さかな》でもお仕度しましょうね」

京次が出ていくと、弓削はにっこり微笑んだ。

「おぬし、人気者だな。ま、わからんでもないが」

うへへと笑いながら、袖口からぐい吞みをふたつ取りだす。

「串八で借りてきたのさ」

弓削はさっそく、酒を注いでくれた。

「さ、ぐいっといこう」

ぐい呑みに口をつけると、少し甘みを感じた。

「ただの酒ではないぞ。保命酒と申してな、公方《くぼう》が養生《ようじょう》のために呑む御用銘酒さ」

「これを、どこから」

「『駒形屋』の神棚に飾ってあった。ちょいと、くすねてきたのさ」

「駒形屋から」

「お察しのとおり、大道芸だけでは稼ぎが足りぬゆえ、高利貸しの用心棒をはじめたのよ。まさか、おぬしとああなってしまうとは、おもいもよらなんだわ。おぬしでなければ、斬っておったやもしれぬ。おかげで、あの場はどうにか切りぬけられた。これで、借りがふたつになったな。どははは」

弓削はのどちんこをみせて嗤《わら》い、突如、真顔になった。

「居合の的になってもろうたときから、人並み外れた胆力の持ち主であろうことはわかっておった。さらに、刃を合わせてみて、力量はようわかった。手練《てだれ》だ。それも、尋常な手練ではない。おそらく、高名な剣客なのではあるまいか。さもなければ、阿吽《あうん》の呼吸で、ああした立ちまわりはできぬ。失礼ながら、ご流派は」

「無住心《むじゆうしん》」

ぶっきらぼうに発すると、弓削は腕組みをしながら唸った。

「針ケ谷夕雲《はりがやせきうん》が興し、小田切一雲《おだぎりいちうん》によって継がれたというまぼろしの流派か」

「いかにも」

出家した一雲の号をとって空鈍《くうどん》流とも称する無住心剣術こそ、結之助の修得した流派だ。

「是非、極意《ごくい》をご教授願いたい」

「ただ、太刀を掲げて落とすのみ」

「ほほう」

名だたる兵法者によって、必殺の一手は「嬰児《えいじ》の戯《たわむ》れにも似る」とも評された。

何ひとつ細工のない太刀行《たちゆき》にみえ、その実、奥は深い。

無住心の極意こそは、古今無双《ここんむそう》の剣理にほかならなかった。

「ただ、太刀を掲げて落とすのみ、か。隻腕《せきわん》ならではの剣理やもしれぬ。あ、いや、気にせんでいただきたい。正直、おぬしほどの剣客が市井《しせい》に埋もれていようとは、想像もおよばなんだ。これも何かの縁とおもい、今後ともよりいっそう、懇意にしていただきたいものよ。そこでだ」

弓削は襟を正し、畳にがばっと両手をついた。

「じつは、折り入って頼みがござる」

眸子《まなこ》を飛びださんばかりに剝《む》き、四角い顎を突きだす。

と、そこへ、京次が肴を運んできた。

「おや、お邪魔かい」

弓削は、ほっと肩の力を抜いた。

京次は、慣れた仕種で酌にまわる。

弓削は黙ってぐい呑みに口をつけ、重苦しい溜息を吐いた。

七

下戸侍に真っ赤な顔で懇願され、気の進まない役目を引きうけてしまった。

弓削征四郎は身勝手で強引な男だが、どうにも憎めないところがある。

結之助は頼まれたとおり、霊岸島《れいがんじま》の新川《しんかわ》河岸までやってきた。

日没寸前の川は血を流したように紅く染まり、桟橋に繫《つな》がれた五艘《そう》の荷船も残光に包まれている。

「おい、こっちだ」

栈橋の端から、痩せ浪人に呼びかけられた。

垢じみた着物を纏《まと》った無精髭《ぶしょうひげ》の男だ。

「もうひとり来ると聞いておったが、おぬしか。わしの名は津久根《つくね》又兵衛《またべえ》、生国《しょうごく》は下総だ」

「下総」

「おや、ひょっとして同郷か。生まれはどこだ」

「小見川です」

「なあんだ。わしは隣の高岡《たかおか》さ。おぬし、歳は」

「三十三」

「三つ年下だな。小見川藩を出奔したのか」

「ええ、まあ」

「何年になる」

「六年目です」

「ふふ、わしは高岡藩を捨てて十年よ。名は」

「朝比奈結之助」

「ん、どこかで聞いたことがあるような」

津久根は宙をみつめ、首を左右に振った。

「くそっ、おもいだせぬ。歳のせいか、忘れっぽくなりおった。正直、昨晩食った飯が何かもおもいだせぬ。ふん、まあよい。野良犬同士、仲良くしようではないか。ところで、役目の中身は聞いておるのか」

「いいえ」

「ならば、教えてやろう。そこに繋がれた五艘の荷船には、菰樽《こもだる》が四つずつ積まれておる。ぜんぶ合わせりゃ八十斗になる酒だ。そいつを見張る。一番鶏が鳴くまで見張っておれば、それだけで二両になる。ちと寒いのを我慢すれば、これほど、おいしい役目もあるまい」

津久根は笑いながら、右端の荷船へと導いた。

桟橋から船に飛びうつり、樽のひとつに近づく。

菰樽の横腹には墨で「山一」と屋号が書いてあった。

津久根は袖口から四角い枡《ます》を取りだし、何をするかとおもえば、酒樽の栓を抜いて枡をあてがう。半分ほど酒を注いで栓を閉め、悪戯《いたずら》っぽく笑ってみせると、枡の縁に口をつけた。

「甘口だが、なかなかいけるぞ。ほれ、験《ため》してみろ」

結之助は、手渡された枡の縁を嘗《な》めた。

甘みがある。

どこかで味わった薬酒の味だ。

「これは、保命酒ですね」

「ほう、わかるのか。保命酒といえば、酒蔵は備後の鞆《とも》だな」

「公方に献じる御用銘酒が、どうしてここにあるのでしょう」

「さあ、知らぬわ。なにゆえ、われらのごとき痩せ浪人に公方の養生酒を見張らせるのか。そもそも、何から守ろうというのか見当もつかぬが、ま、あれこれ考えてもはじまらぬ。ほれ、おぬしの前金を預かっておるぞ」

津久根は袖口をまさぐり、小判を一枚摘みだす。

「残りの一両は、明日を無事に迎えられたら貰えるはずだ。ふっ、案ずるな。どうせ、何も起こらぬさ。まんがいち、辻強盗に襲われたとしても、なあに、わしが返り討ちにしてくれる。こうみえても、高岡藩では馬廻《うままわり》役をつとめておった。香取神道流《かとりしんとう》の免状持ちでな」

自慢するだけあって、剣客の匂いを感じさせる物腰ではある。

「朝比奈氏《うじ》、おぬしもそこそこできるのであろう」

「いいえ」

「謙遜せずともよい。所作《しょさ》をみれば、おのずとわかる。それにしても、妻手差《えびらざし》とはめずらしいな。ん」

津久根は不審げな顔で、結之助の右袖をみつめた。

弓削に断たれた義手は付いていない。糝粉細工の名人のもとで直してもらっている。

「おぬし……まさか、右腕が無いのか」

「いかにも」

それを聞いて、津久根はぱしっと膝を叩いた。

「おもいだしたぞ。高岡におったころ、噂に聞いたことがある」

今から十余年前、小見川藩の先代藩主であった内田《うちだ》伊勢守正容《まさかた》の面前で、みずからの利き腕を脇差で断った剛の者がいた。

「腕を断った藩士の妻女は小見川城下でも評判の美人でな、下総の虞美人《ぐびじん》とまで評されておった。好色な殿様が虞美人の評判を聞きつけ、参勤交代で国許へ帰ったおりにさっそく妻女を召しだし、不運にも見初《みそ》めてしまったのだ」

伊勢守正容とは大身旗本から大名家の養子になった人物で、全身に刺青《いれずみ》を彫ったり、奥女中たちに褌《ふんどし》をさせて相撲を取らせたり、何かと素行に難があった。それを証拠に幕府の不興を買い、昨年、不行跡《ふぎょうせき》との理由から三十八歳で隠居させられ、十歳の嗣子《しし》、正道《まさみち》に家督を譲っている。十余年前の陰惨な出来事も、悪しき藩主の気まぐれから生じたことだった。

「藩士は将来を嘱望された若侍。しかも、藩内きっての遣い手でな、そのときは馬廻役に抜擢《ばってき》されたばかりであったという」

妻女を側室にあげさせよとの奔命《ほんめい》を受け、使者役の重臣は弱りきった。なぜなら、夫が類《たぐ》い希《まれ》なる忠義の士であることも、妻女との仲が誰もが羨むほど睦まじいことも聞きおよんでいたからだ。

「されど、いかに理不尽な仰せであろうと、臣下たるもの、主命を全うしなければならぬ。宮仕えの悲しさよな」

使者はまず、両家の親と親類縁者を説きふせ、周到に外濠《そとぼり》を埋めたあと、本人たちのもとへ口上を述べに向かった。

夫婦とも、黙って口上を聞いていた。それを、使者は諾《だく》と受けとったが、それから一刻《いっとき》足らずののち、夫が脇差のみを帯びたすがたで陣屋の中庭にあらわれ、藩主に目通りを請うたのだという。

重臣はこれを却《しりぞ》けたが、騒ぎを漏れ聞いた藩主本人が目見えを許してしまった。

「さて、そこからがいよいよ修羅場だ」

夫は藩主を面前にして、どんなことがあろうとも、最愛の妻を側室にはあげられぬ。

かわりにこれをと、言うが早いか、みずからの右腕をにゅっと突きだした。

「何と、左手に握った脇差で一刀のもとに断ったのよ」

場の空気は凍りついた。

玉砂利のうえは血の海だ。

「夫は血の気を失った顔で、殿様に『お慈悲を、お慈悲を』と懇願しつづけた。悲痛な叫びも虚しく、殿様は鼻白《はなじろ》んだ顔で『捨ておけ』とだけ吐いたらしい。情けの欠片《かけら》もない殿様よな。わしが同じ立場なら、殿様と刺し違えておったやもしれぬ」

津久根は眸子《まなこ》を潤ませ、つづきを喋った。

「重臣のひとりが夫の勇気に感銘を受け、すぐさま配下に手当を命じた。おかげで、夫は一命をとりとめた。しかも、本来ならば家名断絶のうえ、領外追放の沙汰を受けても仕方のないところであったが、重臣のはからいで、夫婦は目立たぬところに住まいを与えられ、秘かに捨て扶持をあてがわれたという」

陣屋の中庭で起こった出来事については箝口令《かんこうれい》が敷かれたものの、数年経って噂は外に漏れ、隣の高岡藩にも流れてきた。

「小見川藩には、とんでもない強者《つわもの》がいる。そうした噂が、下士《かし》たちのあいだでも口の端《は》にのぼった。中庭での壮絶なくだりを聞いたとき、わしは身震いを禁じ得なかった。が、まてよ、それだけのおもいを妻に捧げられる男など、この世にいるはずがない。どうせ、作り話であろうと、おもいなおした。されど、作り話と断じるには、あまりに生々しすぎる」

とどのつまり、信じるしかなかった。

「なかには、したり顔で批判する輩《やから》もおってな。殿様への忠義ではなく、妻女への恋情を選ぶとは怪《け》しからぬ。みずからの右腕を落としたのは、武士にあるまじき行為だと申す。わしは無性に腹が立った。どこの誰が公の場で、妻女の貞操《ていそう》を守るために利き腕を落としてみせられようか。しかも、その御仁は小見川藩きっての剣客。利き腕を失うことは死ぬよりも辛いはずなのに、なぜ、そうまでして生きようとしたのか。わしごときには理解できようはずもなかったが、並の者には想像もできぬ壮絶な覚悟があったに相違ない」

津久根は目を赤くさせながら喋りつづけ、ほっと肩の力を抜く。

「ともあれ、それほどの意志をもった御仁のことだ。隻腕となっても修行を重ね、ひとかどの剣士になったのではあるまいか。姓名はおもいだせぬ。聞いておらなんだやもしれぬが、朝比奈氏、おぬしではないのか」

「ひとちがいにござる」

結之助は顔色も変えず、言下に否定した。

「さ、さようか」

重苦しい沈黙が流れた。

気づいてみれば、周囲はとっぷり暮れている。

津久根がまた、口をひらいた。

「おぬし、家族は」

「おりません」

「わしには十数年来連れ添った妻がおってな、この江戸でうらぶれた暮らしを送っているあいだに、胸を患ってしまった」

今は貧乏人だけが集う神楽坂《かぐらざか》の藁店《わらだな》に住み、ほとんど寝たきりの日々を送っているという。

「むかしは、ふっくらした色白のおなごであったが、今は骨と皮だけになりおった。惨めなものさ。できることならもういちど、むかしの元気なすがたをみせてほしい。ゆえにな、わしは是が非でも薬代を稼がねばならぬのよ」

結之助は眉を寄せ、表情を曇らせた。

どこかで聞いたことのあるはなしだ。

「それにしても、冷えるな。何やら、寒気がする」

結之助は寒気ではなく、殺気を感じていた。

耳を澄ませば、闇に蹲《うずくま》る者たちの息遣いが聞こえてくる。

「ふっ、やはり、おぬしも感じるか」

「ええ」

「うまいはなしにゃ、裏があるってことさ」

津久根は平然と発し、首の骨をこきっと鳴らした。

八

ばらばらとあらわれた連中は、黒頭巾で顔を隠していた。

ぜんぶで、七人いる。

いずれも、手練のようだ。

息の合った動きから推すと、寄せあつめの浪人ではない。

結之助と津久根をぐるっと囲み、桟橋の縁まで追いつめてくる。

背に流れる川は凍《い》てつき、落ちれば瞬時に身体の感覚を失うにちがいない。

「朝比奈氏、辻強盗ではなさそうだぞ」

津久根は不敵にも吐いたが、月に照らされた顔は蒼白い。

刺客のなかから、頭ひとつ大きな男が踏みだしてきた。

「おぬしら、盗人の一味か」

くぐもった声に向かって、津久根が応じた。

「盗人とは、どういうことだ」

「ほほう、しらをきるのか。酒樽を積んだ荷船が何よりの証拠《あかし》だ。それは福山藩の蔵屋敷から盗んだものであろうが」

「わしらは何も知らぬ。この栈橋で明け方まで酒樽を見張れと頼まれ、言われたとおりにしておるだけだ」

「誰に頼まれた」

「侍さ。名は知らぬ」

「嘘臭いな」

「信じぬのか」

「まあ、どちらでもよい。どうせ、うぬらには死んでもらう」

黒頭巾の男は腰を沈め、しゃっと本身《ほんみ》を抜いた。

長い。三尺はある。

それを、瞬時に抜いてみせたのだ。

「ふふ、夢想《むそう》流の卍《まんじ》抜けよ」

「居合か」

津久根が、ぺっと唾を吐いた。

卍抜けとは、抜いただけで相手を震撼《しんかん》させる夢想流の奥義《おうぎ》にほかならない。

ほかの連中も同調し、白刃を抜きはなった。

「それい」

合図とともに、鼻先に白刃が殺到する。

結之助は横飛びに躱《かわ》しながら、ひとりの黒頭巾を素手ではぐりとった。

「ぬわっ」

月代《さかやき》頭が晒《さら》された。

やはり、浪人ではない。

福山藩の藩士であろうか。

などと、想像を膨らませている余裕はなかった。

「顔をみられたぞ。てっとりばやく始末しろ」

横をみやれば、津久根も抜いていた。

が、おかしい。刃に輝きがない。

「う」

竹光《たけみつ》なのだ。

津久根は竹光を振りまわし、刺客どもと闘っている。

「ぬへへ、こやつ、竹光ぞ」

結之助は同田貫を抜き、助けに向かった。

だが、殺到する白刃に阻まれる。

「つおっ」

鋭い突きを躱し、上段の片手持ちから敢然と振りおろす。

「にぇっ」

黒頭巾がひとり倒れたが、死んではいない。

峰打ちだった。

「抜かるな。囲め」

結之助は隙を衝き、津久根のそばに身を寄せる。

すると、首領格の男が八相《はっそう》から長尺刀《ちょうじゃくとう》を振りおろした。

「せいや……っ」

凄まじい刃風を受け、結之助は出足を止められる。

男は津久根に向きなおり、一閃、竹光をまっぷたつに断った。

間髪《かんはつ》を容《い》れず、水平斬りを繰りだす。

「ぬぐっ」

津久根は呻き、がっくり両膝を落とした。

腹を真一文字に裂かれている。

裂け目から、小腸《ひゃくしろ》がぞろぞろはみだしてきた。

「津久根どの」

結之助は吐きすて、背後から男に斬りかかった。

気配を察した相手は、素早く間合いから逃れる。

「す、すまぬ……こ、これを妻に」

津久根は右手で臓物を摑み、左手を差しだす。

手渡されたのは、血染めの小判であった。

「た、頼む」

津久根は発したそばから、白目を剝いた。

「おい、しっかりしろ」

もはや、助かる見込みはない。

「死ねい」

介抱の暇も与えられず、またもや白刃が迫った。

結之助は振りむきざま、水平斬りを繰りだす。

「ぎゃっ」

肉を裂いた感触があった。

「小癪《こしゃく》な」

長竿のような白刃が、びゅんと鼻面を嘗めてくる。

首領格の男だ。

どうにか躱したものの、肩口を浅く斬られた。

「ぬぐっ」

結之助はたまらず、川へ飛びこんだ。

水中で白刃を口に銜《くわ》え、蛙《かえる》のように水を掻く。

暗闇で水を掻いていると、水中に埋められた棒杭に手が触れた。

水音をさせぬように注意しながら、桟橋の反対側へ泳ぎつく。

刺客たちの会話が、やけにはっきりと聞こえてきた。

「石本《いしもと》さま、やりましたか」

「ふむ、手応えはあった。この寒さだ。探索の必要もあるまい。それよりも怪我人を手当し、急いで荷船を移動させろ」

「は」

川の水はあまりに冷たく、脳天まで痺れてくる。

桟橋の端にしがみつき、必死に耐えつづけるしかない。

指の感覚すら失いかけたころ、刺客どもは五艘の船に分乗して川に滑りだし、闇の彼方に消えていった。

結之助は渾身の力を振りしぼり、桟橋に這《は》いあがった。

不思議なことに、左手にはしっかり小判を握りしめている。

桟橋の反対側に戻っても、津久根のすがたはどこにもない。

川に蹴落とされてしまったのだろうか。

かわりに、印籠《いんろう》が落ちていた。

怪我を負わせた相手の持ち物であろう。

印籠の文様は家紋で、丸に右重ね違いの鷹羽《たかば》だった。

福山藩阿部家の家紋なのか。

いったい、連中は何者なのだ。

考えようとしても、気力が湧いてこない。

結之助は薄れゆく意識のなかで、闇の彼方へ消えた荷船とは別の櫓音を聞いたような気がした。

九

二昼夜にわたって高熱を発し、結之助はひなた屋の一室で眠りつづけた。

三日目の朝になってようやく目を醒《さ》まし、おふくのつくった湯づけと香の物を腹に入れた。

顔はげっそりと窶《やつ》れ、久方ぶりに飢餓の味をおもいだしたが、孤独に打ちのめされた以前とは異なり、おふくやおせんがそばにいる。

親切なひとたちの心遣いがありがたく、深い情けが身に沁みた。

枕元には洗って乾かされた着物がきちんとたたんで置かれ、着物のうえには二枚の小判と印籠が並べてあった。

「そうか」

命を落とした津久根又兵衛の妻女に小判を手渡し、夫の最期を伝えねばならない。

それがせめてもの供養だと、結之助はおもった。

玄関口まで来てみると、おふくが長火鉢の内でうたた寝をしていた。

起こさぬように跫音《あしおと》を忍ばせたが、背中にそっと声が掛かる。

「旦那、もういいのかい」

「ああ。心配を掛けたな」

「凶事に巻きこまれたんだろう。二両に関わりのあることかい」

探りを入れられ、結之助は事の一部始終を正直に喋った。

「ふうん、とんだことに巻きこまれちまったね。その弓削ってお侍はいったい、何のつもりで酒樽の用心棒なんぞやらせたんだろう」

本人に糾《ただ》したいところだが、何よりもまずは、津久根の妻女を訪ねてみなければなるまい。

「何なら、わたしが代わりに届けてあげようか」

「いいや」

「それじゃ、くれぐれも気をつけて行くんだよ」

おふくはまた、切り火を切ってくれた。

久しぶりに外へ出ると、足がふらついた。

朝の日射しが眩《まぶ》しすぎて、くらくらする。

斬られた肩の傷は癒《い》えておらず、病みあがりというには早い。

それでもひたすら歩きつづけ、千代田《ちよだ》城の北面を迂回《うかい》し、どうにか牛込《うしごめ》御門から神楽坂へたどりついた。

急勾配の神楽坂を登って毘沙門《びしゃもん》堂を過ぎ、行元寺《ぎょうがんじ》の門前を左手に曲がる。

すると、細道にへばりつくように藁店があった。

煤《すす》けたような木戸をくぐり、どぶ板を踏んで奥へ進む。

そして、井戸のそばにある九尺《くしゃく》二間《にけん》の部屋を訪ねてみた。

貧乏長屋の連中が好奇の眼差しをくれたが、はなしかけるものとていない。

「ごめん」

敷居をまたぐと、饐《す》えた臭いに鼻をつかれた。

「何でしょう」

掠《かす》れた声を発した女は異様に痩せており、顔色も黒ずんでいる。

ごほごほと、嫌な空咳をした。

あきらかに、胸を病んでいる。

なぜか、津久根ではなく、弓削征四郎の顔が浮かんだ。

ふたりとも、肺病の妻女を救うべく、薬代が欲しいと訴えていた。

弓削の吐いた台詞に嘘はなかったのだろうかと、疑念を抱いたのだ。

「津久根どののご新造か」

「はい」

「わたしは朝比奈結之助と申す者。日本橋の芳町に住む浪人でな、ご主人から言《こと》伝《づて》を預かってまいった」

「あの、津久根がどうかしたのですか」

妻女に促され、結之助は口を結ぶ。

「まずは、これを」

自分の取り分も載せて小判を二枚差しだすと、妻女は怪訝《けげん》な顔をした。

「津久根は、死んだのですね」

黙って頷いた途端、妻女は上がり端にへたりこむ。

結之助は左手を差しのべ、からだを支えてやった。

「気をしっかりおもちなさい」

「は、はい……もう、平気です」

妻女に招じられ、結之助は雪駄を脱いだ。

「いったい、何があったのでございます」

結之助はためらいつつも、ぼそぼそと経緯を語った。

「われわれは日銭を稼ぐために、新川河岸の桟橋へ向かいました。そこで荷船に積まれた酒樽を見張っていたところ、暴漢に襲われたのです。壮絶な斬りあいのすえ、津久根どのは落命なされました」

妻女が、きっと睨みつけた。

「あなたさまは、嘘を仰せです。津久根の腰には、竹光しかござりませぬ。まともに闘うことなど、できようはずもありませぬ」

結之助は、ぐっと返答に詰まった。

「やはり、犬死にも同然に死んだのですね」

「いいや。津久根どのは、立派に闘われたのだ。侍らしい最期でしたよ」

「侍らしいとは、どういうことでござりましょう。十年も食うや食わずの暮らしを強いられ、自分だけは侍らしい最期を遂げるだなどと、あまりに身勝手ではありませぬか……ごほっ、ごほっ」

「ご新造、大丈夫か」

「すみません。あなたさまに申しあげても仕方のないことですよね。屍骸《むくろ》は、どうなりましたか」

「残念ながら」

川に沈んだとも言えず、黙りこむ。

妻女は平静を装い、さらに問うてきた。

「津久根は、何か言いのこしましたか」

「すまぬ、とひとこと」

口に出したわけではないが、目で訴えていた。

「さようですか」

妻女は、必死に気丈さを保っている。

侍の妻でなければ、こうはできまい。

「ご新造。ひとつ、尋ねてもよろしいか」

「何でしょう」

「津久根どのは、こたびのことを誰に頼まれたのであろうか」

「どなたかはわかりませぬが、知己《ちき》を得たと喜んでおりました」

「知己」

「弓削さまというお方です」

結之助は、暗い気分になった。

津久根は「知己」の頼みを引きうけ、犬死にも同然に死んだ。

最初から命を落とすべく仕組まれていたとすれば、弓削を許すことはできない。刺客の首領格とおぼしき男は、御用銘酒が福山藩の蔵屋敷から盗まれたものであることを暗に示した。結之助と津久根、ふたりの野良犬は盗人の一味ではないかと疑われたのだ。

弓削がそう仕向けたとすれば、狙いはいったい何であったか。

そもそも、弓削征四郎とは何者なのか。

さまざまな問いが、浮かんでは消える。

「朝比奈さま、どうかなされましたか」

「い、いや。そろそろ、暇《いとま》せねばなりません」

「わざわざ、お報《しら》せいただき、ありがとうございました」

妻女は背を丸め、祈るように頭をさげる。

「では」

結之助は丁重に挨拶を済ませ、薄汚い部屋に背を向けた。

二、三歩離れたところで、噎《むせ》び泣きが漏れ聞こえてくる。

妻は夫を亡くし、これからひとりでどうやって生きぬくのだろう。

切ない気持ちにさせられたが、結之助にはどうすることもできなかった。

十

結之助は弓削を捜した。

足を棒にして捜しまわったが、広小路にも寺社の境内にもそのすがたはなかった。

夜になるのを待って、何か手懸かりは得られまいかと、本所《ほんじょ》の福山藩邸へ向かってみた。

藩邸に隣接する蔵屋敷には船寄せがあり、たまさか繋がっていた荷船のうえに酒樽をみつけた。

樽の横に「山一」の屋号がある。

新川河岸の荷と同じ、保命酒かもしれない。

鼻歌が聞こえてきたので、柳の木陰に目を向けると、船頭らしき男が川に小便を弾いている。

結之助は背後からそっと迫り、のどもとに刃をあてがった。

「ひぇっ」

男は縮みあがり、小便の雫《しずく》で着物を濡らす。

「おとなしくしろ。聞いたことに返答すれば、命までは獲《と》らぬ」

「へ、へい」

「荷の送り先は」

「浅草の橋場《はしば》で」

「そこから先は」

「存じやせん。桟橋に人足が待っておりやす」

「依頼主は」

「駒形屋さんで」

「蔵前《くらまえ》の金貸しか」

「さいです」

荷を渡すだけで、一朱《しゅ》になるという。

一度やったら、止《や》められない仕事だ。

男はすでに、渡しを三度請けおっていた。

「何刻までに届ける」

「あと小半刻《こはんとき》(およそ三十分)もありやせん。急がねえと……うっ」

結之助は、男に当て身を食らわした。

着物と菅笠《すげがさ》を奪い、縄で男の手足を縛って柳に繋ぐ。

荷船に乗りこむや、左手一本で器用に櫓を操り、漆黒《しっこく》の川に漕ぎだした。

やはり、樽の中身は保命酒のようだ。

蔵屋敷から持ちだしてはならぬ御用銘酒を、どこへ運ぼうというのか。

吾妻橋《あづまばし》を通りすぎた。

暗くて判別のしようもないが、右岸の広大な敷地は水戸《みと》藩邸であろう。

そのさきには、三囲《みめぐり》稲荷や白鬚《しらひげ》明神がある。さらに、荒川《あらかわ》との合流点に近いあたりまで北上すれば、梅若《うめわか》伝説で有名な木母寺《もくぼじ》がある。三囲稲荷から木母寺にいたる墨堤《ぼくてい》は桜の名所でもあり、雪見の名所でもあった。

一方、吾妻橋を渡った左手には浅草寺《せんそうじ》の杜《もり》が佇み、今戸《いまど》橋を左手にまがれば山谷堀《さんやぼり》沿いに吉原《よしわら》が煌々《こうこう》と光を放っている。

目指す橋場は今戸橋をまがらずに遡上し、少しばかり漕ぎすすんだあたりだ。

日中ならば、今戸焼の窯《かま》から黒い煙が幾筋ものぼっている光景に出遭える。

荷船は静かな川面《かわも》を滑り、橋場の渡しを指呼《しこ》の間《かん》においた。

桟橋の端に目を凝らすと、龕灯《がんどう》の光がゆっくり旋回している。

「あれだな」

おそらく、合図であろう。

応じるべきところだが、放っておいた。

栈橋に舳先《へさき》を近づけるや、怒声を浴びせられる。

「こら、合図を忘れるんじゃねえ」

「へい、申し訳ありやせん」

頭を掻きながらも、顔はあげない。

声の主が紅竜の丈吉と察したからだ。

「荷はそれだけか」

「へい」

「よし、仕事に掛かれ」

丈吉の背後には、雇われた人足たちが控えていた。

そいつらがいっせいに動き、酒樽を大八車に移す。

「ほれ、手間賃だ」

丈吉は吐きすて、小粒を指で弾いた。

これを上手に受けとり、結之助はかしこまる。

「ありがとうさんで」

「親爺、また頼むぜ」

「へい」

暗がりのせいか、こちらの正体に気づかない。

丈吉は疑いもせず、大八車とともに去っていく。

結之助は荷船だけを川へ放ち、轍《わだち》を追いはじめた。

十一

轟々《ごうごう》と遠くで聞こえているのは、暴れ川の異名をとる荒川と隅田川《すみだがわ》が衝突する音であろうか。

寒々とした漆黒の野面は、凍てついた田畑にほかならない。

田畑を越えれば奥州《おうしゅう》街道に行きつき、街道沿いに足を延ばせば千住《せんじゅ》大橋へいたる。

寒風の吹きすさぶ野面の手前には、本殿に霊珠を奉じる真崎《まさき》稲荷の灯が揺れていた。

境内には『甲子屋《きのえね》』という名物の豆腐田楽を食わせる見世がある。御神木の榎《えのき》は地上三尺の洞《うろ》から湧き水を吐きだしており、眼病を患ったひとびとが目を洗いに訪れた。

轍《わだち》は真崎稲荷の裏手へ延びていた。

細道のさきに、家の灯《あか》りがぽつんとみえる。

たどりついたところは、柿葺《こけらぶ》きの百姓家《ひやくしようや》だった。

丈吉に導かれた大八車は、生け垣の内へ吸いこまれていく。

入口のあたりから点々と、篝火《かがりび》が焚《た》かれていた。

月代《さかやき》を剃った侍たちが、警戒にあたっている。

結之助は、ぎゅっと印籠を握った。

新川河岸で襲ってきた連中にちがいない。

生け垣の端から様子を窺っていると、小脇を山狗《やまいぬ》が走りぬけていった。

こちらに背中を向けていた侍が、振りむくなり、三尺の長尺刀を抜きはなつ。

「ふえい」

抜き際の一撃で狗の首を斬りおとし、さっと血を振った。

鍔《つば》鳴りも鋭く、納刀する。

卍抜けだ。
見事な居合技であった。
肩の傷が疼《うず》きはじめる。
まちがいない。
桟橋で一戦交えた刺客どもの首領格だ。
暗くて顔は判然としないが、眼光の鋭さはわかる。
結之助は小半刻ほど潜み、首領格がいなくなるのを待った。
「よし、まいるか」
百姓家に忍びこむべく、一歩踏みだす。
「ん」
踏みとどまった。
背後に人の気配を察したのだ。
察した瞬間、結之助は横飛びに飛んだ。
同田貫を抜き、腰を落として身構える。
「待て、わしだ」
四角い顔の男が、押し殺した声を漏らした。

弓削征四郎だ。

結之助は身じろぎもせず、暗闇のなかで反応を待った。

弓削はにっこり笑い、獅子っ鼻を近づけてくる。

「久方ぶりだな。おぬしにはいろいろ、迷惑を掛けた。さっき、山狗を斬った男がおったろう。あやつは福山藩の勘定奉行に飼われた用人頭で、石本重吾《じゅうご》という。林崎《はやしざき》夢想流の達人よ。察しておるとはおもうが、おぬしに傷を負わせた男だ」

「どうして、それを」

「栈橋の暗がりに潜み、一部始終を眺めておった」

「何だと」

「怒るな。まずは、はなしを聞け」

宥《なだ》められ、ふうっと息を吐く。

弓削はつづけた。

「礼を言わせてもらう。おぬしのおかげで、あの晩、この百姓家へたどりつくことができたのだ」

石本重吾に肩口を斬られた晩、結之助は凍えるようなおもいをしながらも、石本たちの荷船を追う船の櫓音を聞いていた。

船を漕ぎだしたのは、弓削であった。

石本たちの荷船を追いかけ、橋場の渡しまでたどりついたのだ。

「百姓家のなかで、何をつくっているとおもう。密造酒さ。しかも、下々は味わうことも許されぬ御用銘酒の保命酒よ。本物を薄めてつくるのだ。できあがった偽物を法外な値で売りさばき、暴利を貪《むさぼ》る悪党どもがいる。わしはな、そうした連中の尻尾を摑もうとしておった」

「何者だ、あんたは」

「大目付配下の隠密さ」

昨年の暮れ、上方《かみがた》から新酒が下ってくる季節に、時化《しけ》に遭遇した樽廻船《たるかいせん》が駿河《するが》沖で座礁《ざしょう》した。樽廻船には保命酒が大量に積まれていたので、福山藩は甚大な被害を受けたという。

「その出来事がきっかけになった」

悪智恵のはたらく連中が、品薄になって値のあがった御用銘酒を闇でさばくことをおもいついた。

「騙してわるかったな。されど、裏のからくりを調べるには、こうするしかなかったのだ。敵を欺《あざむ》くにはまず味方から、と申すではないか」

敵は、なかなか尻尾をみせなかった。

そこで、蔵屋敷に積まれていた酒樽を盗んで揺さぶりを掛け、敵を動かす手段に出たのだという。

結之助はめずらしく、怒りをあらわにした。

「どのような理由があろうと、おぬしのやったことは許せぬ。ひとひとり、死なせたのだからな」

「津久根又兵衛のことか。ふむ、あれは済まぬことをした」

「藁店で暮らす妻女に会った。胸を患っておられたぞ」

「何が言いたい」

「おぬし、嘘を吐いたな。妻女のために薬代を稼ぐなどと殊勝《しゅしょう》なことを抜かし、同情を誘ったのであろう」

「ご指摘のとおりだ。妻については、津久根のはなしを拝借した。されど、子どものはなしはほんとうだ」

「絵のことか」

「ああ。わしは三年前、妻と息子を流行病でともに失った。爾来《じらい》、主命に生きるしかなくなったのよ」

結之助は、ぷいと横を向く。

「勝手な言い分だな」

「まあ、そう怒るな。わしは正義のために闘っておる。悪党どもを葬るには、おぬしの助けが欲しい。どうだ、ともに闘わぬか」

「断る」

「即断するな。よく考えろ。金になるぞ」

「金などいらぬ。考えても同じことだ」

「さようか。ならば、仕方ない。されどな、おぬしはもう、後戻りできぬ」

「後戻りできぬとは、どういう意味だ」

「今にわかるさ。ぬへへ」

闇の狭間で笑う弓削が、今までとは別人に感じられた。

十二

――おぬしはもう、後戻りできぬ。

弓削の口から漏れた台詞の意味を考えながら、結之助は夜道を歩いていた。

露地裏の吹きだまりには、串八の暖簾が揺れているはずだ。

通い慣れた道だが、いつもと様子がちがってみえる。

人気はなく、つむじ風だけが渦巻いている。

襟を寄せて見世にたどりついてみると、暖簾はさがっておらず、引き戸もぴったり閉まっていた。

微《かす》かに血の臭いを嗅ぎ、結之助は顔をしかめた。

「親爺さん」

乱暴に戸を敲《たた》く。

「おるのか、開けてくれ」

返事はない。

が、何者かの息遣いは聞こえる。

結之助は一歩離れ、おもいきり戸を蹴りつけた。

「うっ」

呆気なく破られた戸の向こうには、血の海がひろがっている。

見世のなかは荒らされ、兆八が仰向けに倒れていた。

「親爺さん」

結之助は血で汚れるのもかまわずに駆けより、兆八を抱きおこす。

からだじゅう刃物で切り刻まれ、夥《おびただ》しい血を流していた。

「親爺さん、しっかりしろ」

からだを揺すると、わずかに目が開いた。

「わたしだ。串八の用心棒だぞ」

「ひ、ひなげしの旦那」

「どうした」

「紅竜が……べ、紅竜が」

「紅竜の丈吉にやられたのだな」

兆八は頷いた。

最後の力を振りしぼり、袖にしがみついてくる。

「お、おみつを……す、助《す》けてくだ」

仕舞いまで言いきることができず、がくっと首を落とす。

「待て、逝《い》くな」

からだを揺すっても、頰を叩いても、目を醒《さ》ますことはなかった。

「親爺さん」

自分でも驚くほどの大声が、腹の底から搾りだされた。

結之助は兆八の遺体を床几に寝かせ、そっと筵《むしろ》を掛ける。

「待っててくれ」

ひとこと言いのこし、外へ飛びだす。

露地裏を抜け、闇に包まれた大路を駆けぬけた。

一足飛びで両国に達し、柳橋を越え、茅町《かやちょう》を突っきり、蔵前大路から成田不動尊へ向かう。

たどりついたところは、不動尊の門前にでんと構えた高利貸しの屋敷だった。

金貸しだけに、勝手口は一晩中開いている。

裏へ廻ってみると、扉の隙間から灯りが漏れていた。

扉を引きあけ、何食わぬ顔で敷居をまたぐと、強面の手下どもが三白眼《さんぱくがん》で睨みつけてきた。ふたりいる。

「誰だ、てめえは」

結之助は押し黙り、ひとことも発しない。

大股で足を運び、しゃっと同田貫を抜いた。

「ひぇっ」

うろたえたひとりに近づき、峰に返して首筋を打つ。

白目を剝いて倒れた男から離れ、もうひとりの鼻面に切っ先を向けた。

「丈吉はどこだ」

静かな口調だが、殺気が籠もっている。

「こ、ここにゃいねえ」

手下は迫力に呑まれ、声を震わせた。

結之助は眸子《まなこ》を細める。

「娘は」

「え」

「兆八の娘をさらったろうが」

切っ先を近づけ、鼻を浅く刺してやった。

「うひっ」

男は鼻を押さえ、板の間に蹲る。

「つぎは耳を殺《そ》ぐぞ。娘はどこだ」

手下は震える指で、廊下の奥を差した。

「駒形屋利平がいるのか」

「へ、へい」

「案内しろ」

結之助は土足で廊下にあがり、男の背にしたがった。

利平の部屋らしき障子の向こうから、荒い吐息が聞こえてくる。

「くそっ」

結之助は、ぎりっと奥歯を嚙んだ。

案内の手下を蹴飛ばし、障子を乱暴に引きあける。

利平は声もあげず、醜い裸体を晒したまま、放心したように座っていた。

かたわらには、全裸のおみつが俯せになっている。

結之助は駆けより、おみつを仰向けにした。

まだ温かい。

だが、脈は止まっていた。

「その娘、舌を嚙みきりやがった」

利平が吐きすてる。

結之助の心は、怒りで震えた。

振りむいた顔は、鬼のようだ。

我に返った利平はようやく、おのれの置かれている情況を理解した。

「うわっ、ま、待ってくれ」

「何を待つ」

「金ならやる。好きなだけくれてやる。だから、命だけは」

「命乞いなら、地獄の番人にするんだな」

「やめろ、やめてくれ」

結之助は、ゆらりと立ちあがった。

瞋恚《しんい》の炎は消え、心は氷のように冷えている。

ゆっくりと、獲物に近づいた。

左腕を持ちあげ、無造作に振りおろす。

「んぎゃ……っ」

利平の月代が割れた。

鮮血が散り、襖《ふすま》が刷毛《はけ》で散らしたようになる。

「外道《げどう》め」

結之助は血振りをしてから、同田貫を黒鞘《くろさや》に納めた。

おみつの遺体を布でくるみ、肩に担ぎあげる。
廊下の隅では、さきほどの手下が頭を抱えていた。
腰を抜かし、逃げることもできなかったのだろう。
「おい」
結之助は、引導を渡すかわりに問いを発した。
「丈吉の居場所を教えろ」
「ま、真崎稲荷の裏手でやす」
それだけ聞けば充分だ。
おみつを担ぎなおし、血濡れた部屋に背を向ける。
涙が、とめどもなく溢れてきた。
兆八の死も、おみつの死も悲しい。
だが、悲しいから泣くのではない。
誰かを斬ると、なぜか、涙が止まらなくなる。
無論、駒形屋利平に憐憫《れんびん》や同情など欠片《かけら》もなかった。
死んで当然の悪党を斬ったのに、涙が溢れて仕方ない。
ひとを斬った瞬間、抑えていた熱いものが内から溢れだす。

胸の奥が、しくしくと痛むのだ。

「厄介な癖だな」

結之助は、途方に暮れたような顔でつぶやいた。

十三

蔵前から浅草までは、何ほどの道程でもない。

暗黒を照らす刃のような月が、静かに導いてくれた。

おみつの遺体は早桶《はやおけ》に納め、橋場の渡しに繋がれた荷船に載せた。

置き去りにするのではない。

事が済んだら、取りに戻ってくる。

胸の裡《うち》に約束し、真崎稲荷の裏手から細道をたどった。

たどりついたさきは、件《くだん》の百姓家だ。

先日と同様、月代を剃った侍たちが見張っている。

紅竜の丈吉はおらず、卍抜けを遣う石本重吾もいない。

結之助は生け垣を擦りぬけ、大胆にも篝火《かがりび》へ近づいた。

狙う相手は丈吉ひとり、刃向かう者は容赦しない。

物腰が堂々としているので、誰も気づかなかった。

篝火に顔が照らされてはじめて、ひとりが気づいた。

「おい、そこの。おぬし、見慣れぬ顔だな」

問答無用で白刃を抜きはなつ。

ぼっと、炎が燃えあがった。

誰何《すいか》した侍は、のどぼとけに切っ先を突きつけられている。

「丈吉はどこにいる」

「そ、そっちだ」

月代侍は百姓家の内を指差した。

結之助は切っ先を峰に返し、首筋を叩く。

「うきょっ」

声を聞きつけ、別の見張りが駆けてきた。

結之助を目敏《めざと》くみつけ、指笛を鳴らす。

「くせものだ。出会え、出会え」

ほかの連中が繰りだすまえに、指笛の男を峰打ちにする。

母屋《おもや》の戸脇に隠れ、飛びだしてきた三人をやつぎばやに打ちのめした。
いずれも、峰打ちだ。
呻き声を背中で聞き、家のなかへ躍りこむ。
「死ね」
物陰から、白刃が襲いかかってきた。
難なく斥《しりぞ》け、奥へ進むと、土間に三人の侍が待ちかまえていた。
袖をひるがえし、ひとりの脳天を峰打ちにする。
ふたり目は柄頭《つかがしら》で鼻を砕き、三人目の侍は脇腹を叩きつけた。
さらに奥へ進むと、部屋じゅうが濛々《もうもう》と蒸気に包まれている。
土間には御用銘酒を満たした酒樽が並び、麹《こうじ》の匂いが鼻をついた。
大釜が三つほど置いてあり、杜氏《とうじ》らしき老人が驚いた顔で佇んでいる。
「丈吉はどこだ」
吼《ほ》えるように糾すと、老人は黙って勝手口を指差した。
蒸気のなかを走りぬけ、勝手口から裏手へ抜ける。
そこに、丈吉が手下どもと待ちかまえていた。
「来やがったな。誰かとおもえば、幽霊じゃねえか。てめえ、用心棒に右腕を斬られて死んだはずだろう」

「あいにくだったな」

「何しに来やがった」

「屑を斬る。そのために来た」

「ふん」

丈吉は鼻を鳴らし、手下どもと笑みを交わす。

「ひょっとして、兆八の敵討ちか」

「おみつもだ」

「あの娘、死んだのか」

「操《みさお》を守り、舌を噛んだ」

丈吉は驚き、眸子《まなこ》を瞠《みは》る。

「まさか、おめえ、利平の旦那を殺《や》ったんじゃ」

「あの悪党、冥途《めいど》でおぬしを待っていような」

「そうはいくかい。石本さま」

のっそりあらわれたのは、卍抜けの達人にほかならない。

石本重吾は丈吉を押しのけ、ぐっと身を乗りだしてくる。

「桟橋で立ちあった痩せ浪人か。おぬし、生きておったのか」

「邪魔だてすれば、おぬしも斬らねばならぬ」

「たいした自信だな。何者だ。われらのやったことを探っておるのか」

「おのれらが何をやろうと、関わりのないことだ」

「阿呆抜かせ。おぬし、大目付か町奉行所の密偵《いぬ》であろう。ふん、いちど斬られたというのに、懲りぬ男よ」

石本は抜かず、間合いを詰めてきた。

結之助は腰を落とし、じっと動かない。

凍てつく寒さにもかかわらず、額に汗が滲《にじ》んだ。

相手は居合でくる。

必殺の卍抜けをやぶる自信はない。

「念仏でも唱えるんだな」

石本はなおも近づき、すっと身を沈めた。

「待て」

と、そのとき、おもわぬ方角から声が掛かった。

暗闇からあらわれたのは、弓削征四郎であった。

「あ、先生」

丈吉が呑気《のんき》に声を掛けた。

石本も見知っているようで、肩の力を抜く。

弓削は石本に向かって、笑いながら懇願した。

「そやつは、わしに斬らせてもらえぬか」

「ほう、なぜ」

「理由はない。いささか、ひとを斬りたい気分でな」

石本は、口の端を吊って薄く笑う。

「そういえば、おぬしも居合を使うのだったな。流派は」

「水鷗流」

「横雲《よこぐも》なる奥義があろう」

「ある」

「よし、奥義をみせてもらおうか」

「かしこまった」

弓削は大股で迫り、石本と結之助のあいだに割ってはいる。

そして、前触れもなく、刀を抜きはなった。

独楽《こま》のように回転し、白刃を横薙《な》ぎに薙いでみせたのだ。

「げっ、何さらす」

発したのは、後ろに控えた丈吉だった。

弓削の刃は、石本の腹を一文字に裂いている。

「ぬぐっ」

裂かれた腹からは、臓物《ぞうもつ》がぞろぞろ溢れだした。

石本は長尺刀を抜きかけた恰好で膝をつき、顎をがくがく震わせる。

それでも、恨みの唸り声を発してみせた。

「おのれ。何者じゃ」

「大目付の隠密だ。おぬしには死んでもらう。飼い主の勘定奉行にも、腹を切ってもらわねばなるまい。福山藩御用達の山一屋は打ち首、それでこの一件は仕舞いだ」

石本は返事もしない。

すでに、ことされていた。

「ふえ、ひぇぇえ」

丈吉の手下どもが、尻尾を巻いて逃げだした。

弓削は疾風のように追いつき、ことごとく命を奪ってしまう。

少しも息を切らさず、悠然と戻ってくる。

「石本重吾とわしの力量は五分と五分。確実に勝ちを得るには、策を弄《ろう》さねばならなかった」

「わたしを踊らせたわけか」

「すまなんだな。されど、獲物は残しておいたぞ」

弓削はそう言い、丈吉に目をやった。

「その小悪党は、くれてやる」

言われるまでもない。

結之助は白刃を抜き、ゆっくり迫った。

「うわっ、寄るな。寄るんじゃねえ」

丈吉はおよび腰になりながらも、懐中から匕首《あいくち》を抜いた。

「くそったれが」

突きかかってきたその手を、結之助は苦もなく断った。

「にぇっ」

前屈みになった丈吉の脳天めがけ、上段の一撃を振りおろす。

刹那、両目が飛びだした。
丈吉は、地べたに顔を叩きつける。
鬼の形相で振りむいても、弓削のすがたはない。
暗闇に佇む百姓家が、茫々《ぼうぼう》と燃えていた。
証拠をすべて消すために、弓削が火を放ったのだ。
炎に照らされた結之助の頰には、大粒の涙が伝っている。
心の奥底には、名状しがたい怒りが燻《くすぶ》っていた。
誰にたいしての怒りなのか、察しはついている。

十四

密造酒の黒幕とおぼしき福山藩の勘定奉行は、どうでもよい理由で腹を切り、勘定奉行と結託して悪事を企んだ御用商人も秘かに打ち首となった。
本来なら、藩の存亡にも関わる悪事であったが、幕閣《ばっかく》は英明と評される阿部家の殿様を庇護《ひご》し、その責任を問わなかった。自分たちで奏者番に抜擢した手前、藩主に厳しい裁定を下すことは差し控えたかったにちがいない。

ともあれ、一連の出来事は闇に葬られ、密命を成しとげた弓削征四郎は寺社境内からも広小路からも消えた。

結之助にはいつもと変わらぬ暮らしが戻ったものの、どうにも気分は晴れない。

兆八とおみつの死が、重く心にのしかかっていた。

自分はまだ為すべきことを為していない。そんな気さえする。

弓削という男が、すべての絵を描いたのだ。

それにまんまと乗せられ、知らぬまに片棒を担がされた。

弓削と出遭ってさえいなければ、兆八とおみつを死なせずに済んだかもしれない。

そのことが口惜しい。

もしかしたら、弓削が丈吉をけしかけたのかもしれなかった。

憶測は日ごとに膨らみ、いっそう、心を重くさせた。

兆八は殺され、おみつも死に、沸騰する怒りの矛先《ほこさき》は、紅竜の丈吉に向けられた。

だが、今にしておもえば、そう仕向けられたような気がしてならない。

自分をその気にさせる手管《てくだ》として、兆八とおみつは犠牲にさせられた。

隠密ならば、その程度のことはやりかねない。
芝居町に近い神社の門前で、結之助はふと足を止めた。
着飾った幼子たちが双親《ふたおや》に手を引かれ、得意気に歩いている。
「七五三か」
そういえば、ひなた屋のおせんもこの日を楽しみにしていた。
町中が華やいだようにみえて、心がうきうきするのだという。
無垢なおせんといっしょにいると、浮世の憂さを忘れられた。
しかし、おせんと離れてみると、いつも考え事をしてしまう。
——秘剣横雲。
あの技をやぶるには、どうすればよいのか。
念頭にあるのは、弓削の太刀筋にほかならない。
手強《てごわ》い石本を葬った技の極意は「一寸先を剔《えぐ》る」ことだという。
見切ったとおもった瞬間、切っ先が想像以上に伸びてくるのだろう。
再会する見込みすらおぼつかぬというのに、秘剣をやぶる構想だけを練っている。
いくら考えても、これといった妙手は浮かばない。

浮かばぬなら、抜かせぬことだ。

あるいは、抜かせてしまえばいい。

居合は抜き際で勝負を決する。

抜かせてしまえば恐くない。威力も半減する。

ひなた屋へ戻ってみると、おふくが文を預かっていた。

樽拾いの小僧が、誰かに駄賃を貰って届けにきたのだ。

――本日申《さる》ノ刻、本所普賢寺《ほんじよふげんじ》にて夫の供養を催します。

文には、そうあった。

差出し名に「津久根内　ふゆ」とある。

「旦那さまを亡くされたご新造かい。ふゆさまと仰るんだね」

「そのようだな」

「どんなおひと」

「胸を患っておる」

「行っておあげよ。文を寄こすくらいだから、きっと心細いのさ」

今から出掛ければ、充分に間に合う。

結之助は促され、玄関口に向かった。

おふくは切り火を切り、温石《おんじやく》まで手渡してくれる。

「今日は寒いからね」

本所の普賢寺といえば、多田薬師のそばにある寺だ。

蔵前まで行き、御厩河岸の渡しを渡っていかねばならない。

たぶん、津久根家の檀那寺《だんなでら》なのだろうと軽く考え、妻女の痩せた顔をおもいながら足を向ける。

成田不動の門前にあったはずの駒形屋は、今はもうない。

主を失い、潰《つぶ》れてしまった。ほどもなく、更地《さらち》になる運命だ。

何やら、重苦しい気分になった。

何度かたどった道筋が、地獄へ通じる辻口に感じられる。

結之助は、御厩河岸の渡しまでやってきた。

ふと、兆八の吐いた台詞をおもいだす。

――御厩河岸は三途の渡し。

空は掻き曇り、川面《かわも》は灰色に淀《よど》んでいる。

風はさほど強くない。

波も高くはなかった。

が、底冷えのするような寒さだ。
おふくに持たされた温石が、何よりもありがたい。
ひとの情けが温《ぬく》もりとなって、折れそうな心を支えてくれる。
「旦那、船を出しやすぜ」
菅笠を目深《まぶか》にかぶった船頭が、船尾から声を掛けてきた。
乗っている客は、ひとりしかいない。
深編笠をかぶった侍だった。
風体からすると、浪人であろうか。
凶兆《きようちよう》を抱きつつ、結之助は船上の人となった。
船は桟橋を離れ、凍てついた川面に滑りだす。
船尾の船頭は櫓を操り、船首の浪人は腕を組んで身じろぎもしない。
ふたりに挟まれた結之助も、押し黙ったまま座っている。
船はゆったり水脈《みお》を曳き、川のなかほどへたどりついた。
何の気なしに、船頭の掌をみる。
おや。
兆八に教わった櫓胼胝《ろだこ》がない。

不審とともに、問いが結之助の口を衝いて出た。

「船頭、渡しをやって何年になる」

わずかに間があり、船頭はよどみなく応じてみせる。

「もう、二十年近くになりやしょうか。それが何か」

「いや、別に」

対座する浪人が、腕組みを解いた。

突如、殺気が膨らんだ。

「にぇい」

浪人は抜いた。

一歩踏みだし、下段から水平斬りを仕掛けてくる。

船上で踏んばりが利かないせいで、太刀行は鈍い。

苦もなく躱《かわ》し、結之助も白刃を抜いた。

「とあっ」

一合交えて火花を散らし、上段から猛然と振りおろす。

「ぎぇ……っ」

浪人は深編笠ごと頭蓋をまっぷたつにされ、川に落ちていった。

弓削ではない。承知している。

結之助は振りむきざま、背後の船頭に斬りつけた。

「おっと、危ねえ」

易々《やすやす》と躱され、たたらを踏む。

船頭は、はぐりとった菅笠を遠くに飛ばした。

いつのまにか、腰帯に刀を一本差している。

「弓削征四郎か」

「ようわかったな。朝比奈結之助」

「櫓拼柢のおかげだ」

「何だそれは」

「船頭の掌にはかならずある。兆八に教わったのさ」

「冥途《めいど》の爺《とつ》つぁんに助けられたか。ふん、痩せ浪人を雇って損をしたが、まあよい」

「浪人を囮《おとり》に使ったな。おぬしは、いつも同じ手を使う。誰かを隠れ蓑《みの》にして、目途を遂げようとする」

「それが隠密だ」

「この身を斬る理由は」

「言うまでもあるまい。口封じよ。ついでに教えてやろう。ふゆとか申す女も、すでにこの世におらぬ。こたびの一件に関わった者はみな、死んでもらう」

「それも、隠密の遣《や》り口《くち》か」

「いかにも」

「ひとつ、確かめておきたい。丈吉を焚きつけ、兆八を殺らせたのは、おぬしか」

「そうだとしたら」

「許せぬ」

弓削は目を細め、ふっと笑みをもらす。

「爺つぁんの出してくれた鮟皮《あんぴ》の吸い物、ありゃ美味かったな。うん、あの味だけは忘れられぬ」

「ならば、なぜ」

「お役目に私情は挟まぬ。それがわしの信条でな」

「おぬしの信条など、糞食らえだ」

「ふふ、やる気が空回りするぞ。一対一でも、こっちの優位は動かぬ」

結之助の得意技は上段の斬りおとし、船上では踏んばりが利かず、力も速さも減じられる。

「わしの水平斬りは、さほど足場を気にせずともよい」

どうやら、それが秘剣の秘剣たる所以《ゆえん》らしい。

「雲のように音もなく近づき、一寸先を剔《えぐ》る。剣理を知っている相手でも、容易には避けられぬ。それが横雲よ」

「抜き際の初太刀で腹を裂くのか」

「さよう。おぬしの臓物は魚の餌になる」

結之助はきっと睨みつける。

「おぬしは悪党のみならず、罪もない人間たちをも葬ってきた。死んだ息子に顔向けできるのか」

「何だと」

弓削の感情が揺れた。

今だ。

「くりゃっ」

結之助は上段から斬りかかる。

「ひょ……っ」

誘いに応じ、弓削は抜刀した。

太刀筋がみえない。

白刃が煌《きら》めいた瞬間、腹に衝撃をおぼえた。

が、肉を裂かれた感触はない。

「なに」

弓削はうろたえ、目を瞠《みは》った。

秘剣を繰りだした刃は、先端が欠けている。

柄を握った手は、痺れていることだろう。

抜かせてしまえば赤子も同じ、結之助の剣は大上段にある。

「逝けい」

敢然と振りおろされた刃は、頭蓋のまんなかにめりこんだ。

「ぶはっ」

断末魔の叫びとともに、弓削は両手を大きく振りあげる。

傷口から血飛沫《ちしぶき》を散らし、大の字に倒れていった。

水飛沫が立ちのぼり、小船は激しく揺れる。

結之助は縁につかまり、揺れがおさまるのを待った。
前屈みになった拍子に、懐中から温石が転がりでる。
秘剣横雲を阻んだのは、人の情けを丸く固めた石だった。
川面は静寂に包まれ、行き交う船もない。
いつのまにか、渡しの川筋から外れていた。
対岸の墨堤は、遠ざかってしまったようだ。
結之助は曇天を仰いだ。
白いものが、ちらちら落ちてくる。
「初雪か」
逝った者たちのおもいを載せ、降ってきたかのようだった。
とめどもなく溢れる涙を、結之助は拭《ふ》こうともしない。
左手で櫓を握りしめ、ぎこちなく小船を漕ぎはじめた。

桜花散る

一

おせんは手先の器用な娘で、結之助が苦労して会得した芥子之助の技をほとんど完成に近いかたちでやってのける。ただし、徳利と鎌は危ないので使わず、徳利の代わりに木椀を、鎌の代わりに火吹き竹を天井に向けて抛《ほう》った。

「ほい」

可愛い掛け声とともに、木椀と小豆《あずき》と火吹き竹を順に抛り、木椀を避《よ》けながら回転する火吹き竹の先端で小豆を弾き、しかも、落ちてきた木椀と火吹き竹を両手で上手に受けとってみせる。

初めてこの技を目にする大人たちは賞賛の拍手を惜しまなかったが、おせんは褒められるのがよほど嬉しいらしく、朝から晩まで飽きもせずに芥子之助を繰りかえした。

仕舞いには、おふくも見世の娘たちもろくに相手をしなくなったので、結之助がいつも付きあわされた。

付きあうことは苦にならない。無垢なおせんと遊んでいれば、鬱々《うつうつ》とした気分も晴れた。亡くなった妻のことや、邂逅《かいこう》できずにいる娘の面影を追わずに済む。それだけでもありがたいと、結之助はおせんに感謝した。

年が明け、小便で落書きを描いた雪も溶け、正月も初午《はつうま》も梅見の季節も去り、寒椿の枝に名残《なごり》の雪が降りつもる光景も庭から消えた。

そして、春の彼岸《ひがん》も過ぎ、日本橋大路の十軒店《じっけんだな》に雛市《ひないち》がたちはじめたころ、おふくのもとへ商家の主従が訪ねてきた。

浜町《はまちょう》河岸で唐物《からもの》屋を営む三河屋善兵衛《みかわやぜんべえ》と手代の清次《せいじ》である。

小太りで丸顔の善兵衛は名のとおり善人を絵に描いたような人物で、おふくとは十数年来の仲だという。

若い時分に三河《みかわ》から江戸へ出稼ぎにやってきて、古着の行商から身をおこした苦労人であったが、念願かなってようやく表通りに店を構えた数日後、苦楽をともにした内儀を失った。同情したおふくは幼い娘のおしずをしばらく預かり、我が子も同然に育ててやった。

そうした浅からぬ関わりだが、たがいに忙しい身なので、なかなか逢えずに今日まできたのだ。

「おふくさま、お見受けしたところ、お元気そうで何よりですな」

「善兵衛さんこそ、あいかわらず顔の色艶《いろつや》もよさそうだね。打ち出の小槌《こづち》を握った大黒様のようだよ」

「大黒様とはまた、恐れ多いことで」

善兵衛は頭を掻きながら、部屋の隅に控えた結之助をちらっとみる。

すかさず、おふくがことばを接《つ》いだ。

「こちらはひなげしの旦那、ひなた屋の用心棒さ」

「用心棒ですか」

「ふふ、おかしいかい。昨今はどこもかしこも物騒《ぶっそう》だからね。うちはほら、女所帯だろう。だから、こちらの旦那に居てもらうと大助かりなのさ。ご覧よ、ひと睨みされただけで、縮みあがっちまうだろう」

「まことに。軽口を叩いただけでも、ばさりとやられそうですな」

善兵衛は真顔で言い、慌てて結之助に謝った。

「戯《ざ》れ言《ごと》にござります。どうぞ、お許しを」

おふくが笑った。

「うふふ、平気だよ。こちらの旦那はめったに怒らないから。ところで、今日は何のご用」

「芝居町の座元さまにお届け物がござりましてな、こちらまで足を運んだとなれば、おふくさまのところに顔を出さぬわけにもまいりません」

善兵衛は若い手代を促し、土産の風呂敷包みを差しださせる。

包みを開けば三段重ねの折があらわれ、ふわっと甘い匂いがひろがった。

「『東雲堂《しののめ》』の大手饅頭《まんじゆう》ですよ」

「まあ、一個十二文もする東雲堂のお饅頭を」

「よろしかったら、みなさまでどうぞ」

「それはそれは、ご丁寧に」

「なんのこれしき」

おふくは土産を受けとり、ふたりを部屋へ差しまねく。

「こちらでけっこうですよ。草履を脱ぐと長居してしまいますから」

「いいじゃない、たまには」

「そうもしていられません」

「あらそう。おしずちゃんは、お元気」

「おかげさまで。半年経ってようやく住みこみの御屋敷奉公にも慣れ、風白《ふうはく》さまからも重宝がられておる様子。おふくさま、その節はたいへんお世話になりました。ほんとうに、何と御礼を申しあげてよいものやら」

主従に深々と頭を下げられ、さすがのおふくも恐縮する。

「御礼にはおよびませんよ。だいいち、奉公先への口利きが、わたしら口入屋の商いだもの」

「とは申せ、お相手がお相手だけに、たいへんなお骨折りだったことでしょう」

「今だから言うけど、九分九厘あきらめていたよ。なにせ、お相手は飛ぶ鳥を落とす勢いの冨田《とみた》風白さま、千代田城の御歴々も師事なされる御茶道の御屋敷となれば、表門の手前で立ちすくむのが常というものだけれど、当たって砕けろの気持ちでのぞんだら、すいすいといっちまった。おおかた敷居が高すぎて、みなが敬遠していたんだろ。ぽっかり空いた隙間へ、おしずちゃんを滑りこませることができたってわけさ。でも、住みこみっていう条件がちょいと引っかかってね。

月にいっぺんは実家に帰ってもいいってはなしだったけど、それじゃ、善兵衛さんが淋しくて仕方ないじゃないか」

「その条件でお願いしたいと申しあげたのは、手前のほうですよ。何も、おふくさまがわるいわけじゃない」

「そりゃまあそうだけど。きまればきまったで、繋いだのがよかったのかどうか、少しばかり悩んだよ」

「おしずが御屋敷奉公は厭《いや》だと、生意気を抜かしたからですな」

「怒らないでおやりな。それもこれも、おまえさんをおもってのことなんだから。父親ひとりのこしてどこかへ嫁ぐ気もないし、ゆくゆくは『三河屋』に婿を迎えるつもりだから御屋敷奉公で箔《はく》をつける必要もない。そもそも、そんな柄ではないと、十五の娘にしてはしっかりした物言いでね。ほんと、親孝行な娘だよ。小さいときから、あの子はしっかり者だった。おっかさんの代わりをやるんだって殊勝な台詞を吐いてね、約束したとおり、おさんどんから掃除洗濯まで、誰よりも早くおぼえたものさ」

「おふくさまには糠漬《ぬかづ》けの作り方まで教わって、ほんとうにありがたいことです。仰っていただいたとおり、親をおもう娘の気持ちはありがたかった。されど、手前はどうしても、あきらめたくなかったのですよ」

一流どころの屋敷に何年か奉公させてもらえば、三河屋より格上の商家から縁談がいくつも舞いこむ。おしずが望まれて良家に嫁ぎ、幸福になってさえくれれば、それよりほかに望むことはない。三河屋なんぞは一代で潰れてしまってもかまわないとまで、善兵衛はおもっていたという。

「さよう、手前は夢をみたかったのです。唐物の茶碗を扱う商人にとって、風白さまは雲上人《うんじょうびと》にございます。そうしたお方の御屋敷に娘をあがらせていただければ、どんなにすばらしいことか。それは、死んだ女房の夢でもございました」

「おまきさんの」

おふくは内儀の名を漏らし、ふっと口を噤《つぐ》む。

善兵衛は辛そうに首を振り、はなしをつづけた。

「ご存じのとおり、十余年前、女房は悲惨な最期を遂げました。おまきを喜ばしてやるためにも、おしずの御屋敷奉公だけはかなえてやりたかった。おふくさまには、夫婦の夢をかなえていただいたのでございます」

「善兵衛さんのお気持ち、ようくわかっておりますよ」

「さ、さようですか」

善兵衛は洟《はな》を啜《すす》り、涙顔で微笑んだ。

「もうひとつ、おふくさまにお伝えしたいことがございます」

「何でしょう」

「こちらの清次を、ゆくゆくは三河屋の跡継ぎにしようかと」

「おや」

おふくは少し驚いたように、清次と呼ばれた若者をみやった。

「すると、そちらの若い衆がおしずちゃんの旦那さまに」

「いずれは、そうなりましょう」

近頃《ちかごろ》、ふたりの様子がおかしいので、善兵衛がそれとなく尋ねてみると、ふたりは相惚《あいぼ》れなのだと臆面もなく言ってのけた。

「御屋敷奉公は全うするので、どうかふたりの仲を認めてほしいと、おしずに泣かれましてな、認めれば良家へ嫁がせるはなしもなくなりますが、手前は認めてしまった。お恥ずかしいはなし、同じ屋根のしたでずっといっしょに暮らすのもわるくないと、咄嗟《とっさ》におもってしまったのです。そうときまれば、いっそ、ふたりの仲をおおっぴらにしてしまったほうが気も楽かと」

「それで、わたしのところへ」

「はい。まっさきにお報せしなければとおもいまして」

「おやまあ、せっかちな善兵衛さんらしいね。勇み足にならないように気をつけて。でもね、善兵衛さんの仰るとおり、婿さんを貰って、三人でいっしょに暮すのがいちばんかもしれないよ。ふふ、ようござんしたね。心からおめでとうと申しあげますよ。ねえ、若旦那」

おふくに水を向けられ、清次はぽっと頬を染める。

聞けば、まだ二十歳になったばかりらしいが、善兵衛に見込まれただけあって誠実そうな若者であった。

結之助は身じろぎもせずに、はなしの一部始終を聞いていた。

唐物屋の主従が去ったあとも、胸のあたりが何やらぽかぽか温かい。

露地裏の吹きだまりには気怠《けだる》い空気が流れ、おせんは日だまりで三毛猫の頭を撫でながら、いつのまにか眠りについている。

「そろそろ、菜摘みに行かなくちゃね」

おふくはこともなげに言い、ふわっと欠伸《あくび》をした。

二

弥生《やよい》三日、雛祭り。

空の青さを映す古池をみれば、水鳥たちが我が物顔で泳いでいる。

結之助はおふくに誘われ、新宿《しんじゆく》角筈《つのはず》村の十二社《じゆうにそう》へ菜摘みに出掛けた。

桃は満開で桜は七分咲き、山吹《やまぶき》も気の早いものは咲きはじめており、おせんや娘たちは大喜びだ。芹《せり》や蓬《よもぎ》や土筆《つくし》などを籐籠《とうかご》いっぱいに摘み、中食はみなで草叢《くさむら》に風呂敷を敷いて弁当を食べた。

「ああ、美味しい。日和《ひより》もいいし、言うことなしだね」

振り袖を纏《まと》った娘たちが七、八人も集えば、どうしたって華やいだ雰囲気になる。酒に酔った勢いでからかいにくる若い衆もあったが、用心棒役の結之助が藪睨みに睨みつけてやると、すごすご退散していった。

それにしても、気持ちのいい日だ。

こんな清々《すがすが》しい気分で桜を愛《め》でるのは、何年ぶりだろう。

結之助は、故郷の下総小見川で愛でた「山岡《やまおか》の桜」をおもいだした。

山岡というのは妻の実家の姓だ。勘定方を務めた実直な義父は若いころ、庭に山桜の苗木を植え、丹精込めて銘木に育てあげた。それが春になると、満天星《どうだんつつじ》の垣根越しに雪のような花を咲かせるので、近所の人々は「山岡の桜」と呼んで愛でにきた。

満開の桜の下で琴音《ことね》と将来を誓いあい、おもいが通じていっしょになった。桜の季節になるとかならず実家へ戻り、知人も大勢呼んで宴を張った。

おもえば、あのときが人生絶頂のときであったやもしれない。

小見川藩屈指の剣客として名を売り、馬廻役にも抜擢された。

しかも、下総の虞美人《ぐびじん》とまで評された琴音を妻に迎えられたのだ。

この世の春を謳歌《おうか》していたさなか、突如、結之助の人生は暗転した。

人情の機微《きび》を解さぬ藩主の気紛れが、とんでもない不幸をもたらしたのである。

目を瞑れば、あのときの悪夢が浮かんできた。

結之助は陣屋の中庭に敷きつめられた白い玉砂利のうえに正座し、悲愴な覚悟で叫んでいた。

——殿、ご覧あれ。

右腕をにゅっと差しだすや、左手に握った脇差を高々と振りあげる。

――けい……っ。
鋭い痛みとともに鮮血が散り、玉砂利のうえに右腕が落ちた。
居合わせた重臣たちが呆気《あっけ》にとられるなか、
――捨ておけ。
殿様だけは鼻白《はなじろ》んだ顔で吐きすて、高座から居なくなった。
かわって、泣き叫ぶ琴音の声が聞こえてきた。
――琴音、琴音。
声をかぎりに叫んでも、すがたはみえない。
そこで、はっと、うつつに引きもどされる。
全身がいつも、汗でびっしょり濡れていた。
腕を失ったあとも、琴音はそばに居てくれた。
そして、ふたりは子を授かったが、産後の肥立ちが悪く、琴音は還《かえ》らぬ人となった。
妻を失い、桜を愛でる気力も失った。
結之助にとって、桜の花は苦い思い出の象徴でしかない。
中食も終わりかけたころ、蔭間の京次と岡っ引きの紋蔵《もんぞう》がやってきた。

霜枯《しもが》れの紋蔵は結之助が心を許す数少ない相手で、長年の経験からくる勘の良さと粘り腰には定評がある。

「ひとあし遅かったようだな。弁当はもうねえのかい」

紋蔵がおふくに訴えると、手妻《てづま》のように重箱が出てきた。

「親分のは用意したけど、京次のぶんはないよ。来るって聞いてなかったからね」

「そりゃねえだろう、姐さん」

京次はぺしっと額を叩き、重箱に手を伸ばす。

「おっと、こいつはおれのもんだ」

紋蔵は意地悪をして、重箱を背中に隠した。

その重箱をおせんが奪い、楽しげにはしゃぎながら古池のほうへ駆けていく。

「あれ、おせん、待ちやがれ」

紋蔵よりもさきに、京次がおせんの背中を追いかけた。

娘たちもふたりを追いかけ、おふくと結之助と紋蔵の三人だけが残った。

「めえったな。おふく、腹と背中がくっつきそうだぜ」

「すみませんねえ。わざわざ、お越しいただいたってのに」

「お越しいただくほどのもんじゃねえさ。菜摘みが済んだら、みんなで円照寺《えんしょうじ》の右衛門桜を愛でにいくんだろう」

紋蔵の嗄《しわが》れた声に、おふくは微笑んでみせる。

「江戸三桜のひとつですからね、七分咲きでも寄ってかないと」

「そりゃそうだ。なあ、用心棒。おめえさんもきっと、目の保養になるぜ」

結之助は顔を覗きこまれ、淋しげに笑いながら頷いた。

円照寺は真言宗の古刹《こさつ》、十二社から青梅《おうめ》街道の成子《なるこ》坂下へ戻り、北方の戸山《とやま》方面へ通じる蜀江坂《しょっこうざか》を登りきったさきにある。右衛門桜は柏木《かしわぎ》右衛門という平安期の侍が境内に植えた山桜で、弥生の内は大勢の見物客で賑わった。

「親分、今日はね、右衛門桜とは別の銘木も愛でにいくんだよ」

「ほう、この近くにあるのかい。桜の銘木が」

「蜀江坂の左衛門桜さ」

「何だそりゃ」

「おや、知らないのかい。ま、無理もないか。わたしだって、三河屋善兵衛さんからお聞きしたばかりでね」

「三河屋の善兵衛ってのは、おめえが娘を預かった唐物屋かい」

「そうですよ。おしずちゃんを預かったのは、十何年もまえのはなしですけど」

「おぼえているぜ。内儀は夜道で暴漢に襲われ、乱暴されたあげく、その場で舌を噛んで死んじまったんだったな」

「あれほど無残な死に方はなかったよ」

「旦那の善兵衛は、しばらく腑《ふ》抜けも同然になった。よく立ちなおったもんだ」

「おしずちゃんのおかげさ。娘がいなけりゃ、今の善兵衛さんはないし、店もあれほど大きくできなかったでしょうよ」

「だろうな。ところで、左衛門桜ってのは何なんだ」

「おしずちゃんの奉公先でもある御屋敷の主人、冨田風白さまがね、公方《くぼう》さまのお許しを得て飛鳥山《あすかやま》から引っこぬいてきた銘木なんだと」

「冨田風白といやあ、裏店《うらだな》の洟垂《はなた》れでも知っている茶人の名だ。偉くなると人間、やることがちがうなあ。飛鳥山の桜を引っこぬき、庭に植えるだと。おれたちがそんなことをやったら、十中八九、首が飛ぶぜい」

洒落《しゃれ》で付けたのか、それとも大真面目なのか。

そのあたりは邪推のしようもないが、風白みずから植えた桜は、右衛門桜に対抗して「左衛門桜」と命名されたのだという。

「本家本元より枝ぶりが見事だって評判でね、善兵衛さんの口利きで拝見する機会を得たのさ」

もっとも、風白本人は誰彼かまわず桜をみせたがり、弥生の朔日《ついたち》から屋敷の表門を開放していた。

「ふうん」

気のない紋蔵の返事を聞きながら、結之助は「山岡の桜」を思い浮かべていた。


古池に死体が浮かんだとの凶報がもたらされたのは、それからしばらく経ってからのことだった。

ひなた屋に身を寄せる娘のひとりがみつけ、紋蔵と向かった。

汀《みぎわ》に投げだされた半裸の亡骸《なきがら》は、十五、六の娘のものだ。

紋蔵は羽織を脱いで覆ってやり、おやという顔をした。

「どこかで見掛けた顔だな」

遅れてやってきたおふくが声を失い、しゃがみこむ。

「どうした、女将」

紋蔵が問うても応えられず、顎を震わせている。

「あ、おもいだした」

紋蔵が膝を打った。

「こいつは三河屋善兵衛の娘だ」

「え」

結之助も、さすがに驚かされた。

善兵衛の丸顔が、ふっと過《よ》ぎる。

「おしずちゃん、おしずちゃん……」

おふくは我を忘れ、亡骸に縋《すが》りついた。

「……どうして、どうして」

泣きながら繰りかえす姿が痛々しかった。

おせんや娘たちも、後ろで啜り泣いている。

結之助はおふくの腕を取り、亡骸から離してやった。

野次馬が徐々に集まってくるなか、紋蔵は冷静に検屍をはじめる。

「一見すると水死にみえるが、こりゃちがうな」

紋蔵は遺体の口を開け、なかを覗いてみた。

「やっぱりな。ほら、舌がねえ」

同意を求められ、結之助は仕方なく頷いた。

「嚙みちぎったか、引っこ抜かれたか。どっちにしろ、とんでもねえことに巻きこまれたにちげえねえ。おめえさん、どうおもう」

「息絶えてから、池に捨てられたようだ」

「ほとけを捨てた野郎がいる。そいつが怪しいってこったな」

女たちの嘆きようはひどく、さまざまに推理をはたらかせるのも憚《はばか》られるほどだ。

「父親のことをおもうと、胸が潰れそうになるぜ」

紋蔵の言うとおり、善兵衛の慟哭《どうこく》が聞こえてくるかのようだ。

結之助は物言わぬおしずの顔をみつめ、重い溜息を吐いた。

三

三日経った。

結之助は露地一本隔てた「五右衛門」に立ちより、京次から事の顚末《てんまつ》を聞いている。

あの日以来、おふくはむっつり押し黙ったままで、喋りかけることさえできない。ゆえに、早耳の京次を頼ったのだが、何よりも案じられるのは三河屋善兵衛の様子だった。

「米一粒どころか、水一滴も呑んでいないらしいよ。無理もない。あれほど可愛がっていた娘を亡くしたんだから」

結之助の心も鉛を呑んだかのようだが、どうすることもできなかった。

「紋蔵親分に聞いたよ。死んだ娘の母親も舌を噛んで死んだってね。ひどいと言えばあまりにひどい運命じゃないか」

おしずの死には不可解な点があり、何者かに殺《あや》められた公算も大きい。にもかかわらず、お上のほうで本腰を入れて死因を調べる動きはみられなかった。

ひとつには、父親の善兵衛から奉行所へ訴えがなかったことによる。

「そいつは無理ってもんだ。なにせ、魂の抜け殻も同然なんだから。奉行所なんざ頼っちゃいられないって、親分も仰っていたよ」

紋蔵は古池周辺で聞きこみをおこない、川底浚《ざら》いの淘《よな》げ屋から聞き捨てにできないはなしを仕入れていた。

「掏げ屋の親爺は、何と、死体を古池に捨てた男をみたのさ」

正確に言えば、あたりが闇に包まれた丑三《うしみ》つ刻《どき》、汀《みぎわ》に沿って銅鉄の屑を探していた親爺は、遺体らしきものが古池に落とされた水音を聞いた。

びっくりして音のしたほうをみやれば、艫《とも》灯りを点《つ》けた小船が一艘浮かんでおり、漕ぎ手がひとりで櫓をこねまわしていた。暗くて面相は判然としなかったものの、櫓を握っていたのは月代《さかやき》頭の若い侍だったという。

「ひょっとしたら、そのお侍がおしずの死に関わってんじゃねえかって、親分は仰ってたよ」

どうやら、紋蔵は事の真相に繋がる糸口をみつけたらしい。

京次は温《ぬる》い茶をずるっと啜り、探るような眼差しを向ける。

「ねえ、旦那。下手人がみつかったら、どうする気だい」

「さあな」

素っ気なく応じると、京次はわざとらしく溜息を吐いた。

「仇《かたき》をとってあげなよ。哀れな父親に代わってさ」

諾《だく》とも否《いな》とも言わず、結之助は左手で同田貫を摑んだ。

「おや、もう行っちまうのかい」

「ふむ」

「信じているよ。おまえさんはやってくれるって」

薹《とう》の立った蔭間のことばを背に受けながら、結之助は五右衛門を去った。

ひなた屋へ戻ってみると、何やら内から、どんよりとした空気が流れている。

敷居をまたぐなり、おふくがわっと縋りついてきた。

「ど、どうしたのだ。女将さん」

「どうしたもこうしたもねえ」

嗄《しわが》れた声のほうに首を捻ると、紋蔵が難しい顔で座っている。

凶報を伝えにきたことは、すぐにわかった。

「三河屋善兵衛が首を吊った」

紋蔵は充血した眸子《まなこ》で、ぼそりとこぼす。

おふくは泣きくずれ、土間に蹲《うずくま》った。

結之助は、呆然と立ちつくすしかない。

あってはいけないことが起きてしまった。

それだけはわかる。だが、心に叢雲《むらくも》が懸かったようで、紋蔵のことばをきちんと理解できない。

「奇妙なのは、首を縊《くく》ったさきだ。いってえ、どこだとおもう。茶道の庭だぜ。例の左衛門桜の太い枝から、ぶらさがったのよ」

紋蔵が投げやりな口調で言いはなつと、おふくの嘆きはいっそう高まっていった。

「この目でみたわけじゃねえ。だが、はなしにゃ聞いた。首の長くなったほとけは白装束でな、白い布には隙間もなく、南無阿弥陀仏と経が書かれてあった。黒い墨が朝露に滲《にじ》んで、爪先から垂れていたらしい」

世間体を憚り、陰惨な出来事はおおっぴらにされておらず、これまでどおり、冨田風白邸の表門は開かれたままだという。首吊りの桜木とも知らずに、多くの見物人が今も愛でにきているらしい。

なお、遺書らしいものはどこにもみあたらず、三河屋の丁稚《でっち》が善兵衛の口から漏れた最後の台詞を聞いていた。

「早く娘のところへ逝きたいと、三河屋の旦那は漏らしたそうだ。可哀想に、悩みぬいたすえにやったことさ。でもよ、娘が奉公していたさきで首を縊るってのは、どう考えても尋常じゃねえ」

ちがうかと同意を求められても、結之助には応じようもない。

「くそったれめ」

紋蔵は土間に目を落とし、悪態を吐いた。

「三河屋は何かを摑んだにちげえねえ。愛娘《まなむすめ》がどうして死ななきゃならなかったのか、そいつを執念深く調べていったら、蜀江坂の屋敷に行きついた。屋敷の主人によほどの恨みがねえかぎり、あんなまねはできねえ」

憶測の域を出ないが、充分に考えられることだ。

おふくが顔をあげ、紋蔵に食ってかかる。

「御屋敷で何かあったんだよ。おしずちゃんは御屋敷の誰かに殺《あや》められたんだ。きっと、そうにきまっている。親分、下手人を捜しておくれ。このままじゃ、死んだふたりが浮かばれない」

「任せときな」

紋蔵は、ぽんと胸を叩く。

「これでも、十手持ちの端くれだ。相手がどんな大物でも容赦しねえ。なあ、おめえさんもそうおもうだろう」

結之助は、紋蔵の眼差しを避けるように俯《うつむ》いた。

数日前、ひなた屋を訪れた丸顔の善人は、もうこの世にいない。

そのことがにわかに信じられず、ほかのことを考えられなかった。

「ともかく、風白の周辺を当たってみるっきゃねえな」

紋蔵に促され、結之助も外へ踏みだす。

「あんた、頼んだよ」

おふくの搾りだすような声が、足取りをいっそう重くさせた。

四

蜀江坂の頂部に立つと、巽《たつみ》の方角に青い海原を遠望できる。海原を背にして江戸城が浮かんでみえたが、北側の足許にみえる尾張徳川《おわりとくがわ》家の下屋敷のほうが近いだけに壮観だった。

尾張藩の「戸山荘」は広さ十三万六千坪、江戸に数ある大名屋敷のなかでも最大で、敷地内には箱根山《はこねやま》と呼ぶ築山《つきやま》やふたつの大きな池があり、丘陵や渓流、草原や馬場、はては小田原《おだわら》宿を再現した町並みまでつくりこまれている。

宿場町の沿道には米屋、酒屋、土産物屋などが立ちならび、水茶屋はもちろん、職人町まであった。大御所となった家斉《いえなり》もお気に入りのところらしく、将軍であったころから何度も訪れているらしい。

おそらくは蜀江坂の頂部に立ち、冨田風白も「戸山荘」の景観を眺めたのであろう。

もちろん、規模は何倍も小さいが、風白邸の庭にもたいそう立派な築山や池があり、季節に応じて色とりどりに変化する花木が植えられていた。そうした景観を惜しげもなく披露することが名声を高めることに繋がるとでも考えているのか、豪壮な正門は開放され、誰でも敷居をまたいで庭へ踏みこむことができるようになっている。

結之助と紋蔵も庭を訪れ、泉水《せんすい》のいちばん目立つところに植えられた桜のもとへ歩をすすめた。

「嘘みてえだな」

誰かが首を吊った痕跡など、どこにもみあたらない。

十手持ちにしか知り得ない筋からのはなしゆえ、まちがいはなかったが、桜は人の生死などお構いなく、超然と聳《そび》えている。

隆々《りゆうりゆう》とした枝をひろげているのは、樹齢を重ねた山桜であった。

淡い色をした花と尖った葉を同時に咲かせた様子は、野性味を帯びている。

桜と言えば儚《はかな》いものの象徴のように感じていたが、この左衛門桜はそうではない。頑《がん》として観る者を寄せつけぬ猛々《たけだけ》しさを秘め、仰ぎみれば我が身の矮小《わいしょう》さを感じざるを得なくなる。

「なるほど、一見の価値はあんな」

紋蔵がつぶやいた。

池には錦鯉が悠々と泳いでいる。

太鼓橋を渡った向こうには稲荷の祠《ほこら》が設けられ、植えこみや石灯籠《いしどうろう》の配置も巧みに計算しつくされていた。

「さあて、用心棒、どうするよ」

見物人に混じって踏みこんでみたものの、このさきどうするかは考えていない。

「使用人に片端から当たってみるしかねえか」

どうやら、それが紋蔵のやり方らしい。

が、ここは商家ではない。茶人の屋敷とはいえ、腕の立ちそうな用人たちが大勢召しかかえられていた。

主人の風白には会えるはずもなく、屋敷内にいるのかどうかもわからない。

ふたりは桜のそばから離れ、庭の奥へと歩をすすめた。

風にざわめく竹林を抜ければ、煤《すす》けた簀戸門《すどもん》にたどりつく。

門の脇には番小屋が建っており、二本差しの用人が目を光らせていた。

簀戸門の向こうへは踏みこめぬらしい。

「茶室があんだよ」

と、紋蔵が囁いた。

四つ目垣の狭間から、侘《わ》びた風情の葺《ふ》き屋根が覗いている。

案の定、結之助は厳《いか》めしげな番人に誰何《すいか》された。

「もし、お約束がおありか」

「いいえ」

「されば、早々にお戻り願いたい」

四角四面《しかくしめん》の顔に「ここからさきは、まかりとおるべからず」と書いてある。

紋蔵ともども、仕方なく踵《きびす》を返した。

「おもったとおり、敷居が高《たけ》えな」

意気消沈した風情で、表門までやってくる。

ちょうどそこへ、網代駕籠《あじろかご》の一団があらわれた。

「退《ど》け、退け」

供払いの怒声が響いている。

よほど重要な人物なのか、屈強そうな供人数名が駕籠の左右を挟みこんでいた。担ぎ棒に刻印された家紋は六つ水車、白足袋《しろたび》で網代駕籠から降りてきた人物は濃紺地に雪の結晶文様《けつしようもんよう》を象《かたど》った絹の羽二重《はぶたえ》を纏い、絹の頭巾ですっぽり顔を覆っている。

「土井大炊頭《どいおおいのかみ》さまだよ」

と、誰かが囁いた。

ほうと、結之助は胸の裡《うち》で唸《うな》る。

下総古河《こが》藩八万石の藩主にして本丸老中《ほんまるろうじゆう》、土井大炊頭利位《としつら》の顔を拝む機会など、そうそうあるものではない。

賢君と言われている。

一昨年、大炊頭は大坂城代《おおさかじようだい》に任じられていたころ、町奉行所の元与力大塩平八郎《おおしおへいはちろう》に先導された叛乱《はんらん》を平定した。

そして、蘭鏡《らんきよう》で観察した雪の結晶を『雪華図説』という本にまとめた。黒い陶器を冷やして雪片を受け、吐息の掛からぬように注意しながら鉄箸で摘み、蘭鏡に映しだす。根気よくそれを模写していき、百八十三種類もの雪片を世に知らしめたと、著書にはある。

それらの文様は「大炊模様」と呼ばれ、茶器や香炉《こうろ》、袱紗《ふくさ》や風呂敷、印籠や刀装具、あるいは着物の柄や文の飾り、はては菓子の型にまで使われ、鈴木牧之《ぼくし》の『北越雪譜』などに引用されたことで市井《しせい》にも知れわたり、当世の流行となった。

権力の中枢にある大物が、茶道の門へ向かってくるのである。

風白の茶人としての並々ならぬ素養を、結之助はみせつけられたおもいだった。

紋蔵もことばを忘れ、隅のほうで縮こまっている。

大炊頭は表門の手前で、ふと、足を止めた。

どうしたのかと注視していると、塀際に沿って歩んでいく。

するとそこに、老いた物乞いがひとりしゃがんでいた。

干涸《ひか》らびた化石のようで、胡乱《うろん》な眸子《まなこ》に生気はない。

大炊頭は懐中から財布を取りだし、物乞いに手渡した。

「あ」

結之助も紋蔵も、呆気にとられた。

大炊頭は何事もなかったかのように立ちもどり、表門をくぐって屋敷の奥へと消えていく。

供人たちも居なくなると、紋蔵はふうっと溜息を吐いた。

「みたかい、物乞いに気前よく財布をお預けになったぜ。偉《えれ》えもんだ。なかなか、できるこっちゃねえ。あれほどのお殿様が師事なさるほどだ。富田風白ってのは、ただものじゃねえな。ふふ、面《つら》あ拝みたくなっちまったぜ」

結之助も、同様に興味を抱いた。

表門を出ると、さきほどの物乞いが突ったっている。

紋蔵のそばに近づき、目脂《めやに》の溜まった眸子を向けた。

「おめえさん、十手持ちかい」

「ああ、そうだが」

「おらあ、みたんだ。爺《とっ》つぁんは斬られちまった。おめえさんが立っているちょうどそのあたりで、死んじまったのさ」

「ちょっと待て、爺つぁんってのは誰だ」

「冨市《とみいち》だよ。おれと同じ物乞いでな、座頭《ざとう》の成れの果てさ」

「冨市という物乞いの座頭が、ここで斬られたんだな。そいつは、いつのはなしだ」

「雛祭りの前の晩」

「何だって」

翌日の昼過ぎ、おしずの遺体が十二社の古池でみつかった。

物乞いの座頭が殺された一件と結びつけたくなるのは、十手持ちとしては当然のことだろう。

物乞いは、ぼそぼそつづける。

「爺《とっ》つぁんが言ったんだ。茶道の家に来れば、美味《うめ》えもんにありつけるって……そいつが、あんなことになっちまって」

「斬った相手の顔はみたのか」

「みてねえよ。おれは立ち小便をしていて助かったんだ。女の悲鳴も聞いたけど、斬った相手の顔はみてねえ」

物乞いはそれだけ喋り、口を噤《つぐ》んだ。

紋蔵は意味ありげに、結之助のほうを見上げる。

「女の悲鳴だってよ」

「ふうむ」

結之助が腕組みをすると、物乞いがまた口を利いた。

「親分さん、これで爺つぁんの供養を頼まあ」

大炊頭から貰った財布を紋蔵に押しつけ、ぺこりと頭を下げる。

「おい、待て」

呼びかけても戻らず、風のように去ってしまった。

「めえったな。いったいぜんたい、どうなっちまってんだ」

ずしりと重い財布を、紋蔵は掌のうえでもてあそぶ。

冨市なる物乞いの供養をするにしても、遺体がどこに運ばれたのかもわからない。斬られたという事実すら判然としないものの、物乞いがわざわざ財布を置いていったことから推せば、疑う余地はなかろう。

それに、やはり引っかかるのは、物乞いが女の悲鳴を聞いたというくだりだ。

「女ってのは、ひょっとすると」

紋蔵は仕舞いまで言わず、難しい顔で黙りこんでしまう。

結之助はどうにかして、風白と対面しなければなるまいとおもっていた。

五

風白に対面する手法を考えあぐねていると、幸運が舞いこんできた。

向島《むこうじま》にある「萬亭《よろず》」の亭主から、呼びだしが掛かったのだ。
いつもなら臆して、向かう足取りも重いところであったが、今日にかぎっては
ありがたい気持ちで満たされている。
結之助は両国の柳橋から小船に乗って向こう岸へ渡り、竹屋《たけや》の渡しの桟橋から
陸へあがって三囲稲荷の脇道へ出た。秋葉《あきば》権現へ通じる道の手前には、『武蔵《むさし》屋』
や『大七《だいしち》』といった有名どころの料理屋が並んでいる。
料理屋の狭間を抜け、孟宗竹《もうそうちく》の密集する竹林に分けいった。
竹林の奥に庵《いおり》がある。
簀戸を抜け、飛び石を伝って玄関へたどりついた。
軒下に掲げられた扁額《へんがく》には、太字で「萬亭」とある。
木槌《きづち》で竹筒を叩くと、賄《まかな》いの歯抜け婆が顔を出した。
「おくめさん、息災《そくさい》かい」
問うても、おくめは聞こえないふりをする。
生家は肥後人吉《ひごひとよし》の真宗門徒、間諜《かんちょう》を生業《なりわい》とする草《くさ》の者《もの》の家系に生まれたと聞
いたが、見掛けは皺顔で耳の遠い老婆にすぎない。
庵の内は鰻《うなぎ》の寝床のように細長く、あいかわらず、寒々としている。

招じられた奥の六畳間では、髪も眉も真っ白な老人が待っていた。

「よう、来おったか」

忠兵衛《ちゅうべえ》翁こと牧野忠精《まきのただきよ》、越後長岡《えちごながおか》藩七万四千石の第九代藩主にして名君の誉れ高く、幕閣の老中までつとめた人物にほかならない。

六十九歳で老中に再任され、七十二歳で職を辞した。今から八年前、天保《てんぽう》二年のことだ。在位五十年の長きにおよんだ将軍家斉は還暦を過ぎてから、ようやく隠居を決断した。ところが、大御所となって西ノ丸へ引っこんだ今も公然と権力を誇示し、何かにつけて政治に口出しをする。格別に信頼の厚い忠精にたいしても「厄介事を解決せよ」との奔命《ほんめい》が隠密裡《り》に下されてきた。

ひょんなことで、翁の命を救うこととなった結之助は、配下となって隠密働きをせぬかと誘われていた。

――この世には権謀術策《けんぼうじゅつさく》がはびこっておる。

と、翁に諭された。

無償で誰かの手助けをしてやろうとか、みずからの命を擲《なげう》ってでも弱い者を救おうとか、そうしたことのできる者は皆無に等しい。

翁の素姓を知ったうえで集う者たちは、みな、権力に媚《こ》びる手合いばかりだ。

人並み優れた智恵者であろうが、天下無双の剣客《けんきやく》であろうが、見返りを求める者は要らない。人の痛みがわかる者でなければ、人を裁いてはならぬ。

——おぬしほど、わしの条件に適《かな》う者はおらぬ。……腕も胆も一級品じゃった。そうとわかれば、どのような手を使ってでも、配下にくわえたい。

とまで請われ、何度か断ったが、いっこうにあきらめてくれない。

剣の力量と胆力に惚れこまれ、雨竜《うりゆう》という呼称まで頂戴していた。

——八十年も生きながらえて、本物の武士《もののふ》と呼べる男は十指に足りぬ。おぬしは馬の骨ではない。雨竜じゃ。さよう。自在に雨を呼ぶ雨乞いの竜じゃ。旱天《かんてん》に慈雨《じう》をもたらす恵みの神と、翁は真顔で言った。

信じがたいはなしだが、結之助に雨竜の相をみたのだという。

——嘘じゃとおもうか。されどな、人間八十年も生きていれば、この世にあり得ぬものがみえてくるものよ。ふふ、まあよい。平たく申せば、おぬしの器量を見込んでのことじゃ。ゆえに、こうして、助力を請うておる。

床の間に掛かった軸にも、翁自身の筆で見事な雨竜が描かれている。

いったい何をすればよいのかと、結之助はためしに問うたことがあった。

——きまっておろう。悪党どもを斬ってすてるのじゃ。

にべもなく、翁は応じた。

甘い汁を吸う連中の陰には、明日をも知れぬ悲惨な暮らしを強いられた貧乏人たちが大勢いる。そうした連中の溜飲《りゅういん》を下げてやるためにも、悪の根を断たねばならぬ。

――おぬしは正義のために闘うのじゃ。不正があると知っていながら、知らぬ顔ができるか。悪党どもを野放しにしておけば、夢見が悪うて仕方ない。悪党を平気な顔でのさばらせてはならぬ。みよ、あの水墨を。わしの描いた雨竜じゃ。あれはおぬしよ。旱天《かんてん》の慈雨となれ。人々の渇きを癒すのじゃ。

器量を見込まれ、正直、嬉しかった。

誰かに必要とされたいと、心の片隅では望んでいたのだ。

しかしながら、いまだに明確な返答はしていない。

誰かに隷属《れいぞく》して大義を為すことが、はたして、自分の生き方に合っているのかどうか。

結之助には、正義と引き換えに気まま暮らしを手放す決断がつかなかった。

「ふふ、あいかわらず辛気《しんき》臭い面《つら》をしおって。何を悩んでおる」

こちらの心情を見透かしたように、忠兵衛は茶を点《た》ててくれた。

「安心せい。格別な用事はないのじゃ。どうしておるかとおもうてな」

「は」

「暇を持てあましておったのよ。どうじゃ、美味いか」

「は、見事なお点前《てまえ》にござります」

「茶の心得があるようじゃの」

「少し」

「不思議じゃな。端然《たんぜん》と構えたその物腰、うっかり見惚《みと》れてしまうわい」

事実、隻腕《せきわん》であることを感じさせない風格のようなものを帯びている。

「もう一杯、どうじゃ」

「いえ」

「やはり、顔色が冴えぬようじゃな。悩みがあるなら申してみよ」

「されば」

結之助は勇気を出し、ぼそっとこぼす。

「じつは、桜木に首を縊《くく》った商人がおります」

「ほう」

包みこむように促され、これまでの経緯をかいつまんで説いた。

忠兵衛は眸子を瞑って耳をかたむけ、はなしが終わると、草を咀嚼《そしやく》する牛のように口を動かした。

「冨田風白ならば、知らぬ相手ではない。ふむ、よかろう。今から遣いを出し、あやつに茶を点てさせるとしよう」

素っ気なく言い、忠兵衛翁はにっこり微笑む。

屈託のない笑顔は、悪戯《いたずら》好きの悪童のようだった。

六

八つ刻、結之助は忠兵衛の乗る駕籠脇に従き、蜀江坂を登った。

風白の屋敷にやってくると、門のそばで茶筅髷《ちやせんまげ》の痩せた男が待ちかまえている。

何と、主人の風白であった。

忠兵衛が駕籠から降りると、深々と頭をさげる。

「これは備前守さま、わざわざ拙宅にお越しいただき、かたじけのうござります」

「ふふ、噂には聞いておった。いちど訪ねてみたいとおもうておったのだわ」

「お気に留めていただき、恐悦至極《きょうえつしごく》に存じます」

「飛鳥山から山桜を抜いてきたそうじゃの」

「大御所さまより御下賜の桜にござります」

「右衛門桜の向こうを張って、左衛門桜と名付けたと聞いたが」

「めっそうもござりませぬ。それは巷間《こうかん》の噂にすぎませぬゆえ、ひらにご容赦を」

「よいではないか。冨田風白は千利休《せんのりきゅう》の再来との評もある。おのれの権勢をこれみよがしにみせつけたところで、文句を言う者はおらぬわ」

「備前守さま、そのあたりでもうご勘弁を」

風白は腰を屈め、ちらりと結之助をみやる。

「お供の方は、おひとりでござりますか」

「そうじゃ。ふふ、案ずるにはおよばぬ。こやつは朝比奈結之助と申してな、空鈍流の剣客じゃ」

「空鈍流とはまた、めずらしい流派ですな」

「知っておるのか」

「以前、小耳に挟んだことがござります。奥義は、ただ、太刀を掲げて落とすのみ。名だたる兵法者によって、必殺の一手は『嬰児《えいじ》の戯《たわむ》れにも似る』と評された古今無双《こ こん む そう》の剣理を備えた流派でござりましょう」

「さすがに、よう知っておるわい。朝比奈結之助はな、おぬしの言う古今無双の奥義を会得しておるのよ」

「ほほう。それは興味深い」

「剣の道は茶の道に通じると申すからの。されど、驚くのは早いぞ」

「と、仰いますと」

「あとの楽しみにいたせ。茶を呑ませてみれば、おのずとわかる」

「かしこまりました。さればどうぞ、お足許にお気をつけください」

忠兵衛に従《つ》いて、結之助は庭へ踏みこんだ。

見物人は少ない。

風白自慢の一本桜を眺め、忠兵衛はふんと鼻を鳴らす。

「ときに、大炊頭どのも足を運ばれておるそうじゃの」

「はい。何度かお越しいただいております」

「わるいことではない。抹茶を呑めば血のめぐりもよくなる。幕政を与《あずか》る忙しい身であればなおさら、ゆったりとしたときを持たねばならぬ」

今をときめく老中を評するのに、忠兵衛は上からの眼差しで喋っている。

風白の態度は、どことなく強張《こわば》ってみえた。

が、物腰には一分の隙もない。

茶人であるにもかかわらず、帯に脇差を差しているのも気になる。

風白に導かれたふたりは竹林を抜け、件《くだん》の簀戸門をくぐりぬけた。

「このさきに又隠《ゆういん》がござります」

忠兵衛は楽々と、飛び石を跳ねるように進む。

まるで、須弥山《しゅみせん》に住む仙人のようだ。

「こちらにて、しばしお待ちを」

ふたりは中門を抜け、砂雪隠《すなせっちん》の待合で少し待たされた。

やがて、門弟らしき茶坊主があらわれ、織部《おりべ》灯籠の脇を通って萱門《かやもん》の内へ差しまねかれた。

蹲踞《つくばい》の水で手を浄《きよ》め、数寄屋《すきや》の扁額を仰ぐ。

「『妙亭』と申すのか、ふうん」

忠兵衛は腰を屈《かが》め、躙口《にじりぐち》へ身を捻《ね》じいれた。

結之助も大きなからだを屈め、苦労して躙口をくぐる。

ふわっと、茶葉の香りがただよってきた。
茶室には誰もいない。
四畳半の部屋には下地窓《したじまど》がふたつ穿《うが》たれていた。
「ふん、利休好みの又隠じゃな」
忠兵衛は、つまらなそうに吐きすてる。
ふたりして客畳に並んで座り、床の間に掛けられた軸をみた。
軸は雨竜の水墨画、青磁の花瓶には黄金色の連翹《れんぎょう》が飾ってある。
「わしに気をつかいおって」
炉では、鶴首《つるくび》の茶釜が白い湯気を立てていた。
水屋《みずや》へ通じる茶道口が、すうっと音もなく開く。
絽《ろ》を纏った風白があらわれた。
外にあったときとは、佇いがちがう。
凛《りん》としていた。
まさに、水を得た魚、狭い茶室こそが茶人の檜舞台《ひのき》なのだ。
風白は点前《てまえ》畳に膝をたたみ、茶釜の蓋を取った。
茶柄杓《ちゃびしゃく》に湯を掬《すく》い、天目《てんもく》茶碗に注いで温める。

茶杓《ちゃしゃく》の櫂《かい》先に抹茶を盛り、温めた茶碗に分けて湯を注ぐや、茶筅《ちゃせん》を振り、さくさくと泡立てはじめた。

流れるような仕種《しぐさ》だ。所作《しょさ》に一分の隙もない。

忠兵衛の膝前へ、すっと天目茶碗が差しだされた。

ひと息に呑みほし、茶碗の底をみつめる。

「ん」

忠兵衛の目が釘付けになった。

「唐渡りの曜変《ようへん》天目にござります」

水面を打つ水滴のような声が聞こえてくる。

「ご存じのとおり、釉薬《ゆうやく》の変容がおもしろい形と色、さらには風合いを醸《かも》しだすのでござります。茶碗の底に、何をご覧になられましたか」

「雨竜じゃ」

「いかにも。ときとして、釉薬は奇蹟を起こします」

「そのようじゃな」

「備前守さまが雨竜を好んで描かれると、そのようにお聞きしたもので。そちらの曜変天目は、またの名を、竜天目《りゅうてんもく》と称するのでござります」

「竜天目か。ふうむ、感服いたした」

「かたじけのう存じます」

「亭主よ、問うてよいか」

「は、何なりと」

「妙亭の妙とは、何じゃ」

「おもいもよらぬ奇妙で軽妙なひらめきが、妙案や妙趣を生みだす。かような信念を、妙の字に託したものにござります」

「深いの」

にっこり微笑みつつも、風白は茶筅をさくさくやりつづける。

結之助の膝前へ、すっと天目茶碗が差しだされた。

左手を伸ばした途端、風白の片眉がぴくっと動く。

忠兵衛が口を挟んだ。

「ふふ、こやつ、隻腕の剣客なのさ」

「なるほど、あとの楽しみとはこれでござりましたか」

結之助は左手で茶碗を持ち、ぐっとひと息に呑みほした。

「見事なお点前にござる」

神妙に発すると、研ぎすまされた刃のような眼光で睨まれた。

七

霜枯れの紋蔵は蜀江坂の辻番に聞きこみをおこない、雛祭り当日の早朝、みすぼらしい風体《ふうてい》の屍骸《むくろ》を一体、小者に片付けさせた事実を突きとめた。

おおかた、冨市なる盲目の物乞いにまちがいない。

辻番は辻斬りに殺《や》られたとおもいこみ、紋蔵も敢えて否定しなかった。

それともうひとつ、辻番は物乞いの屍骸をみつける数刻前、奇妙な光景を目にしていた。

早桶《はやおけ》を担いだ若い侍が、提灯も持たずに坂道を下っていったというのだ。

ひょっとしたら、早桶のなかに、おしずが納められていたのではあるまいか。

物乞いなら放置しても怪しまれないが、奉公人の町娘を門前に放置しておくわけにもいかず、どこか適当なところへ捨てにいこうとしていたのではなかろうか。

紋蔵は想像を膨らませながら、早桶を担いだ侍の人相を問いかけた。

ところが、辻番は問いを遮り、知らぬ相手ではないと言った。

「侍の名は穴井平七郎《あないへいしちろう》、風白邸に寄宿する旗本の次男坊だよ」

紋蔵は胸を張り、調べたことを詳しく教えてくれた。

「歳は十七だが直心影流《じきしんかげ》の遣い手で、風白には格別に可愛がられている。どこに行くにもいっしょだし、閨《ねや》にも呼ばれることがあるとか」

「閨にも」

「寵童《ちょうどう》かもしれねえ。なにせ、十三のときから風白に仕えているそうだ」

紋蔵はさらりと邪推してみせ、結之助を市ヶ谷の自證院《じしょういん》まで誘った。

瘤寺《こぶでら》の別称で呼ばれる自證院の門前に、穴井が通う直心影流の道場はある。

まだ日の高いうちに訪ねてみると、道場は門弟たちの活気に包まれていた。

「ちょいと待っててくれ」

紋蔵に言われたとおり、道場の門前に佇んでいると、どうしたわけか、白髪の忠兵衛が闊達《かったつ》な足取りでやってきた。

連れてきた紋蔵が頭を掻く。

「どうしても、こちらの大殿が来てえと仰るんでな。風白に会えたなあ、このひとのおかげなんだろう」

結之助が渋い顔で頷くと、忠兵衛はさも可笑《おか》しそうに笑った。

「水臭いのう。わしも仲間に入れぬか」

「はあ」

萎《しお》れた結之助の肩を叩き、忠兵衛は門をまたぎこえる。

そして、稽古場に踏みこむや、腹の底から声を振りしぼった。

「たのもう、たのもう」

門人たちが驚いて振りむくなか、忠兵衛は遠慮会釈もなしに板の間の中央へ進んでいった。

仕方なく、結之助と紋蔵もしたがう。

道場主は小野田金吾《おのだきんご》といい、蓬髪《ほうはつ》を肩に垂らした五十前後の男だった。

「何用かな」

丸茣蓙《まるござ》に座したまま、ぎろりと睨みつけてくる。

忠兵衛はつかつかと歩みより、微笑仏《みしょうぶつ》のような皺顔を向けた。

「ひとつ、お手合わせ願おう」

「え」

「勘違いなさるな。わしではない。立ちあうのは、そこにおる隻腕の剣客じゃ」

隻腕と聞いて、道場内がざわめきだす。

結之助はただ、黙然と見守るしかない。

紋蔵はとみれば、後ろではらはらしていた。

忠兵衛は白髭をしごきながら「どははは」と嗤《わら》いあげる。

「流派は空鈍流、またの名を無住心、知る者ぞ知る古今無双の流派じゃ」

「あいや、お待ちを」

小野田が、ひらりと掌をあげた。

「何じゃ」

「何ゆえ、我が道場をお選びなされた」

「選んだ理由を知りたいと申すのか」

「いかにも」

「されば、言おう。こちらの道場は、金さえ積めば免状を売ってもらえると聞いた。真実ならば、道場主の性根《しようね》を叩きなおしてやらねばなるまい」

「ぬわにっ」

道場主ばかりか、門人たち全員が色めきたった。

「それは根も葉もない噂。妙な言いがかりをつけて、金でも強請《ゆす》る腹か。老人でも容赦はせぬぞ」

「ふん、金などいらぬ。欲しいのは、表の看板よ」

「道場破りか」

「ま、そのようなものじゃ。さあ、道場主どの。おぬしもひとかどの剣客なら、臆せずに立ちおうてみせよ」

「お待ちを」

門弟のなかから、骨のありそうな若者が手をあげた。

「拙者《せつしゃ》、当道場師範代の穴井平七郎と申します。まずは、拙者と立ちあいなされ」

「ほう、その若さで師範代とはの」

まさに瓢簞《ひようたん》から駒、捜している相手が自分から名乗りでてくれた。

忠兵衛は眸子《まなこ》を細め、穴井平七郎のひょろ長いからだをみつめる。

「よかろう。わしが行司をいたす。双方、木刀を携えてこれへ。勝負は寸止めじゃ。よいかな」

穴井は頷き、道場主の小野田も拒もうとはしない。

結之助にも異存はなかった。

ここは、忠兵衛にしたがうしかあるまい。

「勝負は一本、恨みっこ無しじゃ」

双方は対峙《たいじ》し、腰を落として礼をする。

すっと立ちあがり、間合いを狭めていった。

木刀の先端を打ちあうと同時に、穴井は鶏が絞められたような気合いを発する。

「きぇ……っ」

やにわに、二段突きがきた。

鉄山を破る泥牛《でいぎゅう》のごとく、突いて突いて突きまくる。

直心影流の伝書にもある「鉄破《てっぱ》」と称する荒技だ。

結之助は受け太刀も取らずに、肩でひょいと躱《かわ》し、円を描くように後退する。

「つお……っ」

穴井は八相《はっそう》に構えなおし、こんどは袈裟懸《けさが》けと逆袈裟を交互に繰りだした。

ぶんぶんと、刃風が鳴る。

これは「八相発破《はっぱ》」なる大技《おおわざ》で、直心影流にはこうした先手必勝で敵を追いこむ剣技が多い。

両者の力量には雲泥の差があり、すでに、結之助は穴井の動きを見切っている。

わずかに遊び心が生まれたのか、半身を大きく開いて構え、木刀の先端をだらりとさげた。胸から面にかけてが無防備で、傍《はた》から眺めると、突きでも袈裟懸けでも容易に仕留められそうな気がする。

「けい……っ」

案の定、穴井は斜め上段から斬りかかってきた。

結之助は半身で構えたまま、微動だにしない。

「もらった」

穴井が叫ぶ。

蛤刃《はまぐりば》の先端が、首根に叩きおとされた。

刹那、結之助は左手一本で猛然と木刀を振りあげる。

峰で穴井の木刀を跳ねつけ、頭上でぐるんと旋回させた。

びゅんと、風が巻く。

木刀と結之助の腕が一本になり、相手の脳天に打ちおろされる。

「ぬわっ」

穴井は首を縮め、どしんと尻餅をついた。

握っていたはずの木刀は、道場の端まで弾きとばされている。

顎をわななと震わせる穴井をみつめ、誰もが息を呑んだ。

「勝負あり」

発したのは忠兵衛ではなく、小野田のほうだ。

「いや、お見事。たった今ご披露いただいた剣技は当流派の奥義、竜尾返《りゅうびがえ》しではござらぬか」

結之助は木刀の切っ先をさげ、こくりと頷いてみせる。

「やはり、そうであったか。お見受けしたところ、貴殿はあらゆる流派の剣技に精通しておられるようだ。とうてい、わしなどかなう相手ではない」

小野田金吾は、あっさり白旗をあげた。

忠兵衛は、あれという顔をする。

「おぬし、立ちあわぬと申すのか」

「はい」

拍子抜けしたように、翁は肩を落とす。

「つまらぬ。本家本元の竜尾返しとやらを披露してみせよ」

「無理ですな。奥義を完璧に披露できる者は、この道場にはおりませぬ」

「道場の外にはおるのか」

「はい。拙者の知るかぎり、ひとりだけおりまする。そのお方の素姓は申しあげられませぬが、おそらく、朝比奈どのと立ちあえば互角かそれ以上、かならずや、おもしろい勝負がみられましょう」

忠兵衛は、焦《じ》れったそうに嚙みついた。

「なぜ、その者の素姓を明かせぬのじゃ」

「ご本人たってのお望みにござります。剣の道はほどほどに極めたゆえ、剣客として名を売りたくはないと仰いましてな」

「剣の道はほどほどに極めたじゃと。高慢なやつめ」

「ともあれ、拙者もふくめて、わが道場には、朝比奈どのにかなう者はおりませぬ。勝敗は決しました。欲しければ、表の看板をお持ちいただいて結構でござる。ただし、薪代わりにしかなりませぬぞ」

「ふむ、それもそうじゃ。ぬはは、おぬしは、なかなかの御仁《ごじん》よ。さすがのわしも、一本取られたわい」

忠兵衛は裾をひるがえし、挨拶もせずに道場をあとにする。

結之助と紋蔵も慌てて、勝手気儘《きまま》な老人の背を追いかけた。

「朝比奈どの、お待ちを」

鋭い声に振りむけば、穴井平七郎が口惜しげな顔で佇んでいる。

「いずれ、今いちど、勝負してくださらぬか」

血を吐くようなおもいで発せられた叫びを、結之助は黙殺した。

八

浜町河岸の三河屋が潰れた。

主人が居なくなってからは、残った奉公人たちで蔵にある財産を処分していたが、処分する物もなくなり、廃屋となってしまったのだ。沽券状《こけんじょう》は商いの元手を貸していた金貸しの手に渡り、やがて、廃屋は解体されて更地《さらち》となり、見も知らぬ商売人が購入することになるだろう。

善兵衛が一代で築きあげた店の命は、理不尽な出来事がきっかけで儚《はかな》くも消えた。

風白邸への奉公を斡旋《あっせん》したおふくの悩みは深い。

善兵衛とおしずが亡くなったことの責を、自分ひとりで負っているかのようだった。

「わたしのせいだ。わたしが屋敷奉公を繋いじまったせいだ」

泣きながら漏らすおふくの恨みを晴らすためにも、悪党の尻尾を摑まねばならぬ。

桜も見頃を迎えた穀雨《こくう》のはじめ、風白が花見の宴で茶を点《た》てるというので、結之助は紋蔵と蜀江坂の屋敷へ向かった。

招じられたのは忠兵衛であったが、体調がすぐれぬために遠慮し、代わりに結之助が参じる機会を得たのだ。宴は満開となった左衛門桜のもと、深紅の毛氈《もうせん》を敷きつめ、都合二ヶ所に風炉を設《しつら》えて、亭主の風白が交互に携わるかたちでおこなわれた。

今日にかぎっては表門が閉じられ、招かれた客以外には毛氈に座ることを許されていない。

ざっと見渡したところ、土井大炊頭のような幕府要人のすがたはみえぬものの、集まった者の顔ぶれは高価な着物を纏った侍と商人ばかりで、結之助と紋蔵は末席で小さくなっていた。

酒肴があるわけでもないので肌寒い気もしたが、みなは桜の下で満足げだ。

茶会とはいえ、さほど堅苦しいものではなく、隣同士で世間話に花を咲かせている。

茶を点てる風白の後ろには、穴井平七郎が影のように寄りそい、こまごまとした手伝いをしていた。

穴井とはいちどだけ目が合ったものの、殺気走ることもなく、初対面であるかのような態度を取るあたりは、なかなかの厚顔《こうがん》ぶりだ。むしろ、風白のほうがこちらを目敏《めざと》くみつけ、にっこり微笑んで会釈する余裕をみせていた。

「どうも、居心地がわるくて仕方ねえや」

紋蔵は正座した足の裏を重ね換えては、文句ばかり吐いている。

無理もあるまい。岡っ引き風情が顔を出すような場ではなかった。下手をすれば、手伝いの小者にまちがわれ、芥《あくた》の始末を頼まれたりするので、紋蔵としては一刻も早く退散したいようだった。

「こんなときに言うはなしじゃねえが、死んだ冨市の素姓がわかったぜ」

二十年ほどまえまでは、京橋《きょうばし》辺に店を構えた座頭の高利貸しだった。阿漕《あこぎ》な商売で財をなし、いっときは妾を三人も囲うほどの羽振りであったという。ところが、たった一日で蓄財をことごとく失い、丸裸も同然で道端に放りだされてしまった。

「身代《しんだい》を丸ごと盗まれたのさ。十八になった養子の佐吉《さきち》にな」

佐吉は孤児であったが、六つのとき、冨市に拾われた。

一を聞いて十を知る賢い子で、見栄えも申し分ない。

噂では、冨市の寵童だったともいう。

その佐吉がおれんという妾のひとりと深い仲になり、冨市の蓄財をすべて奪って逃げた。

しばらくして、冨市は物乞いに堕ちてしまった。

佐吉とおれんの行方は杳《よう》として知れず、たった一日で地獄へ堕ちてしまった座頭の噂も時の経過とともに立ち消えた。

「それから二十年、佐吉が生きてりゃ、四十の手前だ」

そう言って、紋蔵は風炉で茶を点てる風白に目を向ける。

「まさか、風白がその佐吉だと」

結之助は驚き、声をひそめた。

なるほど、風白の素姓は謎に包まれている。

五年ほどまえに忽然《こつぜん》と江戸へあらわれ、茶人として神憑《かみがか》りにも近い出世を遂げた。

どうやって今の地位を手に入れたのか、はっきりと答えられる者はいない。

ひとつだけ言えるのは、土井大炊頭の推輓《すいばん》があったということだ。茶人として名をなす以前の経緯は、紋蔵の調べたかぎりにおいては、誰ひとり知る者はいなかった。

「大炊頭さまが財布を預けた物乞いがいたろう。あの親爺をみつけだして、一膳飯屋で白飯を食わせてやったのさ。そうしたら、冨市のことを喋ってくれた。それだけじゃねえ。あの親爺、聞き捨てならねえはなしをしやがった」

何と、冨市は風白に強請《ゆすり》を掛けていた。

「冨市は殺される数日前、たまさか物乞いに訪れた深川《ふかがわ》の妾宅《しょうたく》で、二十年前に逃げられた妾のおれんに再会した」

冨市は目がみえないので、相手の顔などわからない。

おれんのほうで勘違いし、土下座をしたのだという。

「冨市が化けて出たとおもったそうだ。幽霊の心証をよくしようとでもおもったか、おれんは佐吉の正体をあっさり吐いた」

「それが風白だったと」

「ああ、おれんっていう女は、風白の囲われ者になっていた。それが何よりの証拠さ」

強請を仕掛けた物乞いは、屍骸になって捨てられた。

紋蔵はためしに、おれんという女の住む深川へ向かった。

黒板塀の妾宅は、蛻《もぬけ》の殻《から》だった。

近所を嗅ぎまわってみると、つい最近、辻斬りに斬られた四十年増《どしま》があったと聞いた。

「さすがのおれも、心ノ臓がばくばくしやがったぜ」

年増の素姓を知る者はなく、無縁仏として葬られていた。

だが、年恰好から推すと、おれんにまちがいなかった。

「ふうむ」

結之助は、ぎゅっと拳を握る。

風白はみずからの汚点となる過去を消しさるため、関わった者たちを葬ったのではあるまいか。

それが真実だとすれば、見過ごすことはできない。

しかも、この一件には、不運にも巻きこまれてしまった商家の父娘のおもいも込められている。

「悲鳴をあげた女を捜してみたが、どうしてもみつからねえ。ありゃやっぱり、紋蔵の描く筋どおり、おしずは冨市殺しをみてしまった。
おしずだったんじゃねえかとおもう。そう考えりゃ、辻褄《つじつま》も合う」

ゆえに、命を縮めたのだ。
結之助は殺気を込めて、風白を睨んだ。
と、そのとき。
別の殺気が、毛氈のうえを横切った。
匕首を握った小者が、風白に迫っていく。
「清次」
と、紋蔵が叫んだ。
おしずと相惚れになり、ゆくゆくは三河屋を継ぐはずだった若者だ。
清次は匕首を逆手に握り、座したままの風白に突きかかっていく。
「うおお」
穴井平七郎は、そばにいない。
その隙を狙ったのだ。
風白は顔色も変えず、ちらりと清次をみた。
このとき、客たちの誰もが、刺されたとおもった。

つぎの瞬間、風白の顔は鬼に変わった。

「下郎《げろう》め」

喝《かつ》しあげるや、天目茶碗を握って振りまわす。

無造作にみえて、動きに一分の無駄もない。

茶碗は、清次のこめかみを襲った。

「ぐえっ」

茶碗も砕けたが、骨も陥没したにちがいない。

風白は何をおもったか、粉々になった破片のひとつを拾う。

そして、止《とど》めをさすべく、清次の喉笛《のどぶえ》を搔っ切った。

ぱっと、鮮血が散る。

「ひぇえぇ」

客どもは腰を抜かし、這うように逃げまどう。

結之助と紋蔵は、横たわった清次のそばに駆けよった。

あたりは血の海となり、もはや、手の施しようもない。

「平七郎、狼藉者《ろうぜきもの》を始末せよ」

風白は呼吸も乱さず、凛然と言ってのける。

穴井平七郎が、蒼白な顔で駆けてきた。

「待ちやがれ」

紋蔵が叫んだ。

「このほとけは渡さねえぞ」

口をへの字に曲げ、風白を睨みつける。

「おぬしは何だ。狼藉者の知りあいか」

「そうだよ、文句あっか」

風白はやおら立ちあがり、毛氈のうえに転がった匕首を拾う。

そして、こちらへ大股で近づいてくる。

客たちは慌てふためき、左右に散った。

さすがの紋蔵も、風白の発する気に呑まれている。

結之助は紋蔵を押しのけ、前面へぬっと押しだした。

風白は足を止める。

感情を制御し忘れた野獣が、ようやく、理性の片鱗を取りもどしたような顔だ。

「おぬし、何者じゃ」

「お忘れか。朝比奈結之助にござる。本日は名代《みょうだい》としてまいった」

「おもいだしたぞ。おぬし、隻腕であったな」

「いかにも」

「されど、岡っ引きまで呼んだおぼえはない。狼藉者の知りあいならば、捨ておけまいが」

「どうなされる」

結之助は、風白の握る匕首をみた。

「それで、突くのですか。これ以上、殺生をかさねぬほうがよい」

風白は一瞬、険しい表情になり、唐突に笑いだす。

「ぬはは、妙なことを抜かす。よかろう。そこな屍骸《むくろ》は引きとるがよい。されど、二度とわしのまえに顔をみせるな」

「顔をみせたら、どうなされる」

「きまっておろう。それなりの覚悟をしてもらう」

風白は残忍な笑みを浮かべ、匕首を抛《ほう》りなげた。

九

ひなた屋では、褥《しとね》に寝かせた清次の遺体をまえに、おふくが清次の遺した書置きを読みあげている。

「冨田風白はお嬢さまの供養代と称し、旦那さまに百両を寄越した。これは口止料だと、旦那さまは仰った。証《あか》しはない。証しをたてる手だてもないけれど、お嬢さまが風白に殺《あや》められたのはまちがいのないこと。手前はどうしても、旦那さまの山よりも重いご恩に報いたい」

拙《つたな》い文字だが、決意のほどは伝わってくる。

書置きには、供養代にしては法外な百両が添えてあった。

「風白は百両で墓穴《ぼけつ》を掘りやがった」

と、紋蔵は説く。

「善兵衛は調べたわけじゃねえ。直感でわかったのさ。おしずは凶事に巻きこまれ、口を封じられたんだってな」

「ほんとうに、そうなのかい」

おふくの問いに、紋蔵は間髪を容れずに応じた。

「まちがいねえ。風白は育ての親の冨市に強請をかけられた。二十年前に奪った金を倍にして返せとでも脅されたんだろうよ。それで、消すしかねえと考えた」

みずから手をくださず、子飼いの穴井平七郎にやらせたのかもしれない。

おしずはたまさかその場に居合わせ、冨市殺しを目にしてしまった。

「入水《じゅすい》にみせかけようと、刀傷を付けず、舌を引っこぬいたのさ」

紋蔵は、苦々しげに筋を描く。

「それだけじゃねえ。冨市に風白の素姓を漏らした妾も、虫螻《むしけら》同然に殺められた」

おふくは、重い溜息を吐いた。

「口惜《くや》しいねえ。善人や弱い者だけが、何で莫迦《ばか》をみなくちゃならないんだろ」

結之助のなかで、煮えたぎる怒りが徐々に冷やされていく。

風白を斬らねばならぬという考えが、ごく自然に浮かんだ。

そこへ、白髪の忠兵衛がひょっこりあらわれた。

のど首に布を巻き、洟《はな》を垂らしている。

「鼻風邪じゃ。なあに、たいしたことはない」

見世に入ってくるなり、抹香臭い匂いに顔をしかめる。

「誰が死んだ」

問われたおふくは、すっと襟を正す。

「清次っていう三河屋の手代ですよ。茶会で風白を刺そうとして、返り討ちに遭っちまったんです」

「哀れな」

忠兵衛は仏壇に線香をあげ、結之助に向きなおった。

「おぬしにひとつ、告げておかねばならぬことがあってな」

向島からわざわざ、やってきたのだという。

「何でしょう」

「風白の素姓さ。小野田道場の道場主が言っておったな。直心影流の奥義を会得した者をひとりだけ知っておると。あれは、風白であったわ」

「さようですか」

「驚かぬのか」

風白の隙のない所作から察するに、相当な遣い手であることは看破できていた。

直心影流の奥義を究めるほどの剣客とまではおもわなかったが、すでに心の準備はできている。

「七年前、尾張《おわり》大納言さまの御前で上覧試合があってな、尾張柳生《やぎゅう》の猛者《もさ》を破った謎の剣客がひとりいた」

姓名は冨田佐吉。高禄で抱えるという尾張家の申し出を袖にし、飄然《ひょうぜん》とすがたを消したが、わずか二年後、江戸に出て風白と号し、茶人として頭角をあらわすようになったという。

「この逸話は土井大炊頭から聞いたのじゃ。大炊頭も七年前の御前試合に臨席しておられてな。風白を茶人として世に出すべく、陰ながら手助けしたことを教えてくだされた」

「やはり、土井大炊頭の後ろ盾があったのですか」

「さよう。風白は強力な後ろ盾を得て、今の地位を摑んだのじゃ。小野田道場の真の持ち主は風白でな、小野田金吾というのは雇われ道場主らしい」

なにゆえ、剣客であることを隠そうとしたのか。

茶道一本で身を立てたいとおもってのことなのか。

それとも、刀を握りたくない事情でもあったのか。

そのあたりは、本人にしかわからぬ。

「ともあれ、ひと筋縄ではいかぬ相手さ。勝負を挑むのであれば、それなりの覚悟で臨まねばなるまい」

洟を垂らした老爺の忠告を、おふくも紋蔵も神妙な面持《おもも》ちで聞いていた。

そして、風白という強敵に立ちむかう覚悟のほどを目顔で問うてくる。

問われるまでもない。

結之助は、武者震いを禁じ得なかった。

十

これといって、策はない。

ただ、相手への恐怖もなかった。

敗れれば、その瞬間に命は消える。

「それだけのことだ」

生への執着がないといえば嘘になる。

だが、いつなりとでも、死ぬ覚悟はできていた。

生死を分かつ精神のありようとは、どんな相手に対しても死に身で闘うという一点に尽きるのかもしれない。

覚悟をきめた途端、すとんと胆が据わった。

昂《たか》ぶる気持ちはまったくない。

結之助は気負うこともなく、直心影流の奥義といわれる「竜尾返し」の太刀筋を冷静に何度も脳裏に描いた。

直心影流では、円を描くように重い振り棒を何千回と振る。

そうやって修練を積み、返し技の速さを磨きあげるという。

動物や鳥のように構えて威嚇し、相手を深く連れこみ、速攻の返し技で撃破する。

先人が苦心のすえに編みだした究極の形《かた》、それが「竜尾返し」であった。

奥義の太刀筋を見極めぬかぎり、結之助に勝ち目はない。

死に身で掛かったところで、手もなくやられるだけだ。

技量と精神が絶妙な平衡を保ったところにしか、勝機はない。

頭上に輝く月はわずかに欠け、赤みを帯びていた。

「凶兆《きようちよう》か」

はたして、どちらにとっての凶兆なのか。

築地塀《ついじ》の上から枝を伸ばした夜桜が、蒼白く浮きあがってみえる。

結之助は、ぶるっと背筋を震わせた。

妖艶な夜桜は、黄泉《よみ》へと通じる道標のようでもある。

気づいてみれば、豪壮な茶人の屋敷へたどりついていた。

ふわっと、闇が揺らぐ。

身構えると、門前の暗がりから白い顔の侍が抜けだしてきた。

「やはり、来たな」

穴井平七郎である。

白鉢巻に襷《たすき》掛けまでしていた。

「待っておったぞ」

「さようか」

「なぜ、風白さまの周囲を嗅ぎまわる」

結之助は詰問され、呻くように応じた。

「おのれの胸に聞いてみよ」

「おしずか」

平七郎は顔をゆがめ、ぺろっと唇《くち》もとを嘗める。

「あの娘は、みてはいけないものをみた。ゆえに、命を縮めた。運命《さだめ》だったのさ」

「殺ったのは、おぬしか」

「ああ、白刃は使うなと命じられていた。舌を抜いてやったが、なかなか死なずに往生させせられたわ。町娘のひとりやふたり、この世から消えたところで何ほどのことでもない。風白さまにしてみれば、小石を踏んだにすぎぬ出来事さ」

結之助のこめかみが、ひくっと動いた。

「物乞いの座頭と妾を殺めたのも、おぬしか」

「さよう。風白さまに命じられてやったのさ」

「命じられれば、誰彼かまわず殺めるのか」

「あたりまえだ。風白さまを貶《おとし》めようとする輩は誰であろうと、この穴井平七郎が成敗いたす」

「衆道《しゅどう》の果ての醜さよ」

「ほざけ」

平七郎は腰を落とし、しゅっと本身を抜いた。

「木刀の寸止めとはちがうぞ。覚悟しろ」

「わるいが、おぬしは負ける」

「たとい負けても、捨て石になる所存だ。おぬしに一太刀浴びせ、風白さまに勝ちを拾っていただく」

「笑止《しょうし》」

結之助も腰を落とし、同田貫を抜きはなつ。

「いや……っ」

気合いもろとも、白刃が鼻先へ伸びてきた。

鋭い。

なかなかのものだ。

結之助は鬢《びん》を削られ、わずかによろめいた。

「ふはっ、やったぞ。脆《もろ》いではないか」

平七郎は鶴のように構え、素早く斬りこんでくる。

「空鈍流、何するものぞ。ふりゃ……っ」

八相からの袈裟懸けだった。

結之助は下段から薙《な》ぎあげる。

が、まんまと空《す》かされた。

「同じ手は食わぬ」

平七郎は右へまわりこみ、腕の無い肩口を袈裟懸けに斬りつけてきた。

――ぶん。

白刃が唸る。

「もらった」

嬉々とした若侍の顔が、瞬時に色を失った。

袈裟懸けを繰りだしたとき、すでに勝負は決していたのだ。

結之助による大上段からの一撃は、平七郎の頭蓋をふたつに割った。

「むほおおお」

平七郎は俯せになり、鮮血を噴きちらしながらも、門のほうへ這っていく。

「風白さま……ふ、風白さま」

もはや、とどめを刺すまでもない。

ことされた遺体をまたぎ、結之助は門脇へ近づいた。

押してみると、潜り戸は開いている。

狙う相手はおそらく、左衛門桜のもとで待ちかまえているにちがいない。

結之助は潜り戸の手前で首を捻り、風白の寵童として可愛がられた若者の屍骸をみつめる。

「是非《ぜひ》におよばず」

悲しい顔で漏らし、同田貫の柄に手を掛けた。

十一

月はいっそう、赤みを増していた。

桜の花びらが、はらはらと散っている。

風白は深紅の毛氈を敷き、たったひとりで茶を点てていた。

結之助は、白い湯気の立ちのぼる茶釜を睨みつける。

「傾奇者《かぶきもの》め」

大股で近づき、端然と座す敵と対峙した。

数々の剣客と相対してきたが、これほど妙な相手もめずらしい。

「来たか、待ちくたびれたぞ」

風白は笑みすら浮かべ、さらりと言ってのける。

「平七郎を斬ったな」

殺気が膨らみ、すぐに萎《しぼ》んだ。

「まあ、座るがよい」

風上に誘われたが、結之助は風下を選んで腰をおろす。

白い湯気が揺れながら、顎のあたりを撫でまわした。

「ふふ、好きにするがよい。おぬしのことは、ちと調べさせてもらった。下総小見川の出らしいな。殿様の面前でおのれの利き腕を断ち、それでもなお、生きながらえたそうではないか。なにゆえ、利き腕を断ったのだ」

「喋る気はない」

「ふん、つまらぬ男よ。わしは古河《こが》の生まれだ。実父は土井大炊頭さまに仕える茶道のひとりであったが、奥女中と懇《ねんご》ろになり、それが発覚して領外追放の沙汰を受けた」

茶道以外に糊口《ここう》をしのぐ術《すべ》を知らぬ父親は生きる道標を見失い、傷心の母親を道連れに釣瓶《つるべ》心中を遂げた。幼くして天涯孤独の身となった風白は物乞いに堕ちるしかなく、半年ほど経ったあるとき、冨市に拾われた。

やはり、風白とは佐吉のことであった。

何とか生きのびるべく冨市に仕え、自己流で茶道と剣術の修行を積んだ。

「師はおらぬ。茶道は亡き父に教わったことを飽かずに繰りかえし、冨市にねだっては茶道具を揃え、唐物や備前焼の茶碗などを集めたりもした」

一方、剣術は幼いころ、手直しをしてくれた人物がいる。

「土井家の剣術指南役で、直心影流の達人だった。わしは指南役から、たったひとつの形《かた》だけを叩きこまれた。そして、その形をおもいだし、血の滲むような修練のすえ、我がものにしたのだ」

若い佐吉を支えてきたのは生への渇望と、いつかは世に出てやるという強烈な野心にほかならなかった。

やがて、冨市と決別する機会が訪れた。

命の恩人とはいえ、さんざんにからだを弄《もてあそ》ばれた相手でもある。

蓄財をことごとく奪うことに、一抹のためらいも感じなかった。

「財を得てからも、わしは修行を怠らなかった。まずは、ひとかどの武芸者となって注目を浴び、あのお方の庇護《ひご》を得たいと考えておったのだ」

あのお方とは、土井大炊頭のことらしい。

七年前、尾張城での御前試合において、望みはかなった。

「最初から、土井大炊頭さまのお眼鏡にかなうことを企図していた。そして、わしは賭けに勝った。後日、大炊頭さまから召しだされてな、父のことや哀れな孤児がたどった数奇な運命をおはなしして聞かせたところ、えらく感じ入ってくだされた」

爾来《じらい》、茶人として世に出る支援をしてもらったという。

「血の滲むような努力のすえ、わしは今の地位を摑んだ。それを、つまらぬことで手放す気はない。冨市も唐物屋の父娘も、どうでもよい連中だ。邪魔なら消えてもらう。それだけのことさ」

「穴井平七郎も、どうでもよい相手なのか」

「平七郎だけはちがう。あれは、わしの分身であった」

風白はこのときだけ、恨みの籠もった眸子《まなこ》を向けた。

「今いちど聞こう。なにゆえ、おぬしは利き腕を断ったのだ。そうまでして生きながらえねばならぬ理由、それが知りたい」

「知ってどうする」

「人の心の闇を知れば、侘《わ》び茶にいっそう磨きがかかるやもしれぬ」

語るはなしなどない。

ほんとうは、腹を掻《か》っさばいて死ぬ気だった。

脇差を振りあげたとき、琴音の声が聞こえたのだ。

――死んではだめ。

気づいたときには、脇差を左手に持ちかえていた。

生きながらえねばならぬ格別の理由などなかった。

ただ、死にたくなかっただけだ。

生きのびてもういちど、琴音に逢いたかった。

「ほれ、どうした。喋《つぐ》らぬか」

結之助は、口を噤《つぐ》んだ。

何ひとつ語らず、風白を睨みつける。

「もはや、語ることもないというわけか」

ふたりの座る茶席こそが、生死の間境《まざかい》にほかならない。

「茶でも一服どうじゃ」

風白はやんわりと言い、茶筅をさくさくやりだす。

罅《ひび》の入った楽《らく》茶碗が、すっと差しだされた。

覗きこむと、抹茶がほどよく泡だっている。

「毒は入っておらぬ。それを呑みほしてから、あの世へ逝《い》け」

すでに、真剣勝負ははじまっていた。

結之助は左手で茶碗を取り、すっとかたむける。

殺気が迸《ほとばし》った。

「つお……っ」

白刃が閃《ひらめ》き、鼻先へ伸びてくる。

咄嗟《とっさ》に楽茶碗で受け、結之助は毛氈のうえを転がった。

「ふおっ」

風白はばっと両手をひろげ、蝙蝠《こうもり》のように飛びあがる。

白刃が、逆落としに振りおろされた。

「ぬっ」

どうにか躱し、毛氈の外へ逃れる。

容赦の無い攻撃だった。

茶を点てていた人物とはおもえない。

「わしは死に神の使いでな。ふははは」

二尺五寸の白刃を握った死に神が、首吊り桜を背にして佇んでいる。

「なるほど、おもったとおり、尋常ならざる身のこなしじゃ。されど、おぬしにわしは倒せぬ」

風白は半身を開き、手にした刀の先端をだらりと下げた。

「竜尾返しの形か」

「さよう。わしが幼いころより修練を積んだは、この形よ。数々の猛者《もさ》どもと渡りおうてきたが、この形を破った者はおらぬ。みな、死んだ。必殺の形は秘さねばならぬ。秘することで、なおいっそう、強靭《きようじん》な形となる」

形を知られたくないがために、剣客であることを隠しつづけたのか。

「おぬしに、わしは倒せぬ。ただし、おぬしが死に神の使いなら、はなしは別だ。この命、くれてやってもよいぞ」

このとき、結之助には死に神が憑依《ひようい》していたのかもしれない。

風下に座り、長い身の上話を聞く以前から、風白の弱点を見抜いている。

それは剣の技巧ではなく、心のありようだった。

いかに優れた剣客でも、初太刀を合わせる寸前、わずかでも心が乱れた者に勝ち目はない。

「ぬふふ、さあ、くるがよい」

風白はふわりと構え、誘いかける。

「冥途の入口をみせてくれよう」

「まいる」

結之助は白刃を抜かず、低い姿勢で迫った。

撃尺《げきしやく》の一線を越えても、抜こうとはしない。

「たわけっ」

風白が喝しあげる。

竜の尻尾ではなく、頭がまっこうから斬りかかってきた。

「ここだ」

結之助は叫び、背中に隠しもったものを鷲掴《わしづか》みにして差しだす。

「うえっ」

穴井平七郎の生首だ。

風下に座ったのは、血腥《ちなまぐさ》い臭いを気取《けど》られぬためだった。

狙いどおり、風白の心は乱れた。

結之助は生首を抛り、同田貫を抜きはなつ。

「ひぇっ」

刃風が走った。

刹那、白い喉笛がぱっくり裂けた。
紐のように噴きだす鮮血を、風白は啞然《あぜん》と眺めている。
頭上の月を逆さに睨みつつ、大の字に倒れていった。
「愚かな」
結之助の頰に、ひと筋の涙が零《こぼ》れおちた。
憐れみではない。悲しいのでもない。
誰かを死に追いやったことへの自責の念でもない。
なぜかはわからぬ。
人を斬ると、涙が溢れてくる。
結之助は納刀し、屍骸に背を向けた。
生暖かい風が吹き、桜花が雪と降りそいでくる。
花を散らす風音が、娘を失った父の慟哭に聞こえた。
仇を討ったところで、死んだ者が還《かえ》るわけではない。
だが、仇を討つことでしか、死者に報いる術もない。
「詮《せん》無きものよ」
結之助は頰を涙で濡らしながら、死出《しで》の門から逃れでた。

芝切通《しばきりどお》しの鐘《かね》

一

黒、柿、白の定式幕《じょうしきまく》も鮮やかな中村座では今、弥生《やよい》興行の「伽羅先代萩《めいぼくせんだいはぎ》」が掛かっている。

「三千世界に子をもった親の心はみなひとつ」

演目は仙台《せんだい》藩伊達《だて》家のお家騒動に題材をとった奥女中物。芝居好きならば、幼い若君の命と引き換えに我が子を見殺しにする乳母政岡《まさおか》の名台詞に涙しない者はいない。

「よっ、たちばな屋」

大向こうから声の掛かった女形は、当代屈指の人気を誇る芳咲梅之丞《よしざきうめのじょう》。その梅之丞が興行金を集める帳元《ちょうもと》から五百両で沽券《こけん》状を買ったと噂される座付の大茶屋にあがり、結之助は昼過ぎから忠兵衛翁と差しむかいで燗酒を嘗めていた。

「芝居がはねたら、宿下がりを許された奥女中の一行がここにやってくる。奥女中の名は立花《たちばな》の局《つぼね》、大奥を牛耳る年寄のひとりじゃ」

大奥年寄《おおおくとしより》は表の老中に匹敵する重職、俗に「後宮三千人」と言われる大奥にあって、たった七人しかいない。十人扶持で切米五十石と合力金六十両の俸給、その他諸々の手当を保証されており、御用商人からの付け届けも半端な額ではなかった。

「富を手にすれば、たいていの者が媚《こ》びへつらうようになる。自然、権威を笠に着る。立花の局も例外ではない。御台所《みだいどころ》のおぼえめでたきをよいことに、贅沢三昧の暮らしぶり。はては御代参や御上使にかこつけ、足繁く芝居見物に訪れては、看板役者を褥《しとね》に侍《はべ》らせる始末。大奥老女の醜態をここまであからさまにみせつけられても、陰湿な意趣返しを恐れて、意見する重臣もおらぬ。情けないやら、嘆かわしいやらじゃわい」

芝居見物程度は目を瞑《つむ》ってもよいが、今から十日ほどまえ、看過《かんか》できない事態が起こった。

立花に仕える部屋方の娘がひとり、行方知れずになったのだ。忠兵衛とも関わりのある娘らしく、どうあっても行方を捜しあてねばならない。

「それゆえ、おぬしを呼んだのじゃ」

翁は顎を突きだし、白い眉をぐっと寄せる。

「拒むことは許さぬぞ。おぬしには風白の件で貸しがある」

「されど、わたしめに人捜しなどできましょうか」

「得手ではあるまい」

それでも、頼まねばならぬ事情があるという。

忠兵衛は剣菱《けんびし》の燗酒を嘗め、茶屋の表口をみやった。

そこへ、頭巾をかぶった偉そうな侍が、供人ひとりを連れてあらわれた。

「ん、来よったな」

忠兵衛がひょいと右手をあげると、侍は頭巾をはぐりとり、腰を低くしながら近づいてくる。

芝居茶屋に二本差しがやってくるのは、何もめずらしいことではない。とはいうものの、立派な扮装《いでたち》の侍が萎《しな》びた隠居の面前で両手をついたものだから、女中も周囲の客たちもあっと驚いた。

「大殿、こたびはお手を煩わせることとあいなり、この監物《けんもつ》、まことに何とお詫び申しあげたらよいものか」

「莫迦者、手をあげぬか。場所柄をわきまえよ」

「え」

監物と名乗った侍は周囲をきょろきょろみまわし、好奇の目が一斉に注がれているのを察するや、顔を真っ赤にして恥じいった。

そして、結之助をみつけ、膝を躙《にじ》りよせてくる。

「朝比奈どの、その節はお世話になり申した。こたびもひとつ、面倒なことをお願いせねばならぬ。貴殿ほどの遣い手でなければ果たせぬ役目ゆえ、大殿にお口添えをしていただいたのじゃ」

早口で喋る赤面症の老い侍は、姓名を佐久間《さくま》監物という。

越後長岡藩七万四千石の江戸家老にほかならない。以前、とある藩の抜け荷に関する探索で、ともに隠密働きをしたことがあった。

繰りかえすようだが、忠兵衛は同藩の先代藩主である。世嗣忠雅《ただまさ》は京都所司代の要職に就いており、実務を司る江戸家老の佐久間は内外に八面六臂《はちめんろっぴ》の活躍をみせていた。忙《せわ》しない役目の合間を縫って、大名小路の役宅から堺町の芝居茶屋へ早駕籠を飛ばしてきたのだ。

「監物よ、順々に説いてやらねば、はなしの筋がみえぬぞ」

「は、申し訳ございりませぬ」

忠兵衛にたしなめられ、佐久間はまた平伏した。

「じゃから、そうやってかしこまるでない」

「は。されば、ご説明を」

行方知れずになった奥女中は萩乃《はぎの》といい、佐久間の姪にあたる娘だった。歳は十六、大奥に奉公したいという本人の希望をかなえるべく、わざわざ出入りの商家の養女とし、商人の身分で大奥へあがらせた。雑用を仰せつかる多聞《たもん》として立花の局に仕えるようになってから、まだ三月足らずという。

「十日前、立花の局は御台所の御代参で増上寺《ぞうじょうじ》へ参られた。その際、萩乃も随従したのでござる。部屋方の申すには、一行は帰路、芝口《しばぐち》の雑魚場《ざこば》あたりで酔漢どもにからまれたそうな」

御広敷《おひろしき》の従者などの活躍により、騒ぎはたちどころに収束したものの、萩乃のすがただけが忽然《こつぜん》と消えてしまった。

「冨田《とだ》流小太刀の免状を持つおなごゆえ、酔漢程度は相手にもならぬはず。されど、消えた。摩訶不思議な出来事と申さねばなるまい」

萩乃が居なくなった日から、双親はもちろん、親戚一同も不安な夜を過ごしているらしい。

「増上寺からお城へ戻るには、虎之《との》御門へ向かわねばならぬところ、なにゆえ、芝口へ迂回したのかなど、糾したいことはいくつかあった。にもかかわらず、部屋方はいっこうにとりあってくれぬ」

しかも、よからぬ噂を小耳に挟んだと、監物は声をひそめる。

「この三月余りで、何と、立花の局の部屋から三人の多聞がすがたを消したと聞いた」

いったいぜんたい、どのような情況で消えてしまったのか。

佐久間は立花への不審を募らせつつ、部屋方に事の経緯を問うた。

ところが、四人目の犠牲者となった萩乃もふくめて、すべて「神隠し」のひとことでかたづけられ、まったく取りつく島がなかった。

「娘たちの実家も、すべて当たらせた。いずれも名のある商家で、双親はあきらめきれぬ様子であったが、大奥の権威を翳《かざ》され、神隠しときめつけられれば、泣き寝入りするしかない」

多聞とは幕府へ直に奉公する者たちではなく、年寄など身分の高い者に雇われた部屋付の女中をさす。町屋出身の娘たちで占められ、役目こそ炊事や洗濯などの雑用だが、市井には人気があった。

やはり、大奥奉公は町娘の憧れなのだ。

推挙されるのは名誉なことで、親も鼻が高い。

それだけに、娘を失った親たちの落胆は大きかった。

忠兵衛は、悲しげに溜息を吐く。

「わしも、萩乃のことはよく存じておる。なかなかの縹緻好《きりようよ》しでな、こうときめたらまげない気丈な面も持ちあわせておった。佐久間は娘がおらぬゆえ、舎弟の末娘である萩乃を実子のように可愛がっておったのさ。赤子のころは、よく襁褓《むつき》を換えてやったのじゃろう」

「はい」

佐久間は眸子《まなこ》を潤ませ、洟を啜りあげる。

無論、京都所司代の江戸の配下を統轄する立場の家老が、手をこまねいていたはずはない。男子禁制の大奥までは探索の目を向けられなかったものの、立花が城外へ出掛けたおりは、逐一、その行動を調べるようにとの指示を出していた。

佐久間は涙を拭い、背後に控える供人を振りかえった。

「左内《さない》、おぬしから説いてやれ」

「は」

頷いた供人は長岡藩の筆頭目付で、深堀《ふかぼり》左内という千鳥十文字槍《ちどりじゅうもんじやり》の名手だ。

結之助とは面識があり、剣客としておたがいの力量には一目置いている。

深堀は膝を躙《にじ》りよせ、低い声で囁くように説きはじめた。

「わが配下のなかでも随一の遣い手を差しむけたところが、何者かに斬殺されてしまい申した」

肩口から胸にかけて一刀で袈裟懸けに斬られていたが、斬られ方が尋常ではなかった。

「受け太刀を取った刀の峰が、みずからの額に食いこんでおったのです」

つまり、深堀の配下は探索の途上で何者かに襲われ、咄嗟《とっさ》に受け太刀を取ったにもかかわらず、峰が額に食いこむほどの一撃をまっこうから受け、そのまま、圧《へ》し斬るような袈裟懸けを浴びて絶命したのである。

剛毅な深堀でさえも、遺体を検分したときは震撼させられたという。

「何とも、凄まじいな」

忠兵衛が咳払いをし、はなしを引きとった。

「化け物の仕業じゃ。そやつの正体は判然とせぬが、立花の局と深く関わる者に相違ない。探られたくないのさ。部屋方の娘たちが行方知れずになった裏には、何らかのからくりがあるとみてしかるべきじゃろう。悪事の臭いがぷんぷんする。それを探らねばならぬのよ」

かといって、藩士から無駄な犠牲者は出したくないし、相手からどのような報復がくるやもしれぬため、藩ぐるみで動いていることを気取られたくもない。それが、忠兵衛や佐久間の本音なのだ。

結之助はようやく、自分が呼びだされた理由を合点した。

「小手先の技では通用せぬ相手ゆえな、こちらも腰を据えて掛からねばならぬ。ただ、おぬしひとりでは荷が重かろう。すでにな、おたまを奥女中のひとりとして潜ませてある」

「おたまどのを」

結之助は、ぴくっと片眉を吊りあげた。

ぽっと浮かんだのは、手足の長い娘のすがただ。

目鼻立ちのはっきりした細面《ほそおもて》で、額のまんなかに波銭《なみせん》大の痣《あざ》がある。

歳はまだ十九と聞いたが、間諜《かんちよう》としては一流の技量を備えていた。おたまが潜入しているとなれば、なおのこと、協力を拒むことはできない。

用件の説明を済ませると、佐久間と深堀は早々に去っていった。

やがて、芝居もはね、中村座の鼠木戸《ねずみきど》から見物客が吐きだされてくる。

茶屋の表口も騒がしくなり、華やかな奥女中の一団があらわれた。

「お局の御一行じゃ」

矢羽《やばね》柄の着物を纏った多聞たちが先触れとなり、つづいて豪奢な打掛《うちかけ》を羽織った老女がやってくる。

「あれだ」

忠兵衛が渋い顔で吐きすてた。

立花である。

錦繍《きんしゆう》の打掛をひるがえすや、茶屋のなかに芳香が振りまかれた。

客たちの眼差しは、絹の裾とともに権威を引きずる老女に張りつく。

立花に従《つ》く多聞のなかには、しの字髷《まげ》に結ったおたまのすがたもあった。

白粉《おしろい》を厚めに塗っているせいか、額の痣は目立たない。

表情も変えずに正面を見据え、主従ともども衣擦《きぬず》れをさせながら畳を滑り、あっというまに奥の間へ消えていった。

ときをおかず、立花ご贔屓《ひいき》の芳咲梅之丞があらわれるだろう。

立花は梅之丞の後ろ盾となり、せっせと貢《みつ》ぐことで情けを買う。

千両役者がみずからの号を「たちばな屋」と呼ばせ、芝居茶屋に「たちばな」という屋号を付けたのも、大奥の重鎮への配慮からだ。

「立花め。偽りの恋にうつつを抜かし、まわりがみえぬようになっておる。あれでは幕府の権威も損なわれてしまうわ。されど、表立っては何もできぬ。わしは隠居の身、強意見《こわいけん》などしとうもないし、大御所さまへの告げ口もできぬ。今は隠《いん》忍自重《にんじちょう》をきめこみ、ここぞという機を待つしかあるまい。雨竜よ、くれぐれも頼んだぞ。この一件は、おたまの探索と、おぬしの腕に掛かっておる」

忠兵衛はやおら腰をあげ、そそくさと茶屋を出ていった。

入れ替わりに、颯爽《さっそう》と登場したのは、芳咲梅之丞である。

白地に紅梅をあしらった薙ぎ袖の着物を、女形らしく艶《あで》やかに纏っている。

梅は散っても梅之丞の旬は終わらず、とでも言いたげだ。

背後からは、商人風体の肥えた悪相が従いてくる。

「浪花屋《なにわ》与左衛門《よざえもん》だよ」

そばに座る客が囁いた。

光沢のある紺地に赤の縦縞、天竺《てんじく》渡来の桟留《さんとめ》を纏い、博多《はかた》帯には銀拵《ぎんごしら》えの脇差まで差している。

役者よりも派手な金々《きんきん》めかした上方商人は、大名御用達の廻船問屋だった。

中村座の打った弥生狂言の金主《きんしゅ》でもあるらしい。言うまでもなく、金主がいなければ興行は成立しない。座に関わる者たちからすれば、下にも置かない相手であった。

その浪花屋が千両役者にともなわれ、大奥の実力者のもとへ参じたのだ。

手代に持たせた手土産は、山吹色の餅であろう。

立花と繋がりを保つことで、いったい、廻船問屋にどのような利益が転がりこむというのか。

ともあれ、浪花屋から立花に渡った金子の一部は、この茶屋の払いとなる。

めぐりめぐって、梅之丞の懐中にはいるのだ。

莫迦らしいと、結之助はおもった。

しかし、世の中は莫迦らしいことで成りたっている。

客たちの拍手喝采に送られ、梅之丞と浪花屋は奥の間へ消えた。

結之助は冷めきった酒を、苦い顔で一気に呷《あお》った。

二

立花は長い間、梅之丞と乳繰りあっていたが、さすがに体面を気にしてか、夕刻までには裏口から逃れるように茶屋を出た。鋲《びょう》打ちの女駕籠《おんなかご》が裏手へ廻されていたので、結之助は苦もなく察することができた。

供人は御広敷《おひろしき》の添番《そえばん》がひとりと多聞が四人、挟み箱《はさばこ》持ちのたぐいも先に行かせたのか随行しておらず、駕籠を担ぐ陸尺《ろくしゃく》は手替わりもいれて三人しかいない。公の御代参や御上使でないとはいえ、あまりに淋しい供揃えではある。

結之助は、駕籠尻を追った。

立花の実家は、赤坂《あかさか》御門外の竜泉寺《りゅうせんじ》裏と聞いていた。

駕籠は脇目も振らずに赤坂へ向かったが、赤坂御門外へたどりつくと、どうしたわけか実家へは少しも寄らず、青山《あおやま》大路を南西へ進んだ。

随行する多聞は三人減り、ひとりだけになる。

それが、おたまだと察した瞬間、不吉な予感が胸に過《よ》ぎった。

いつも不機嫌そうな娘の横顔が、瞼《まぶた》に焼きついて離れない。

おたまは捨て子だった。系譜をたどると、肥後の相良《さがら》忍びに行きつく。向島の延命寺《えんめいじ》門前に捨てられているところを、佐久間監物に拾われたのだ。そして、忠兵衛によって資質を見抜かれてからは、間諜となるべく育てられた。

十九といえば恋のひとつもしたい年頃だが、男に情を移すことなど考えられない。課された役目が、おたまにとっては生きている証しなのだ。

生まれながらに不幸を背負わされた娘のことを、放ってはおけないという気持ちはある。だが、結之助は先回の隠密働きと同様、おたまとの間合いを計りかねていた。

御広敷添番の提灯に導かれた女駕籠は、七夕《たなばた》の星灯籠で有名な青山百人町《ひゃくにんちょう》を指呼《しこ》の間《かん》におきつつ、梅窓院《ばいそういん》の手前で右手にまがった。

空は厚い雲で覆われ、足許はやけに暗い。

間合いを詰めようとおもい、結之助は足を速めた。

暗闇が生き物のようにまとわりつき、行く手を阻む。

緩やかな坂道の途中で、ふっと駕籠が消えた。

「くっ」
結之助は裾を端折《はしょ》り、脱兎《だつと》の如《ごと》く駆けだす。
半丁ほど駆けたあたりで、唐突に足を止めた。
前方を睨む。
殺気を感じたのだ。
道端の藪陰から、黒い影がぬっとあらわれた。
「うっ」
おもわず、腰が引けた。
大木とも見紛《みまご》うばかりの大男である。
月代《さかやき》を伸ばしているのはわかったが、鼻と口は黒い布で覆われていた。
「出たな、化け物」
結之助は吐きすて、腰を落として身構える。
大男は柄を握り、ずらりと刀を抜いた。
鬼火のような蒼白い光が閃く。
身幅の広い直刀だ。三尺は優にあり、柄も長い。
ところが、刺客のからだがあまりに大きいので、刀は囲炉裏にくべる粗朶《そだ》にしかみえなかった。
男は両腕を伸ばして刀を掲げ、独特の右八相に構えた。
腰をぐっと落とし、両方の踵《かかと》を地面から浮かせる。
「ちぇー」
叫んだ。
鼓膜に刺さるような凄まじい叫び。
「あの声は」
などと、考えている暇はない。
猛獣と化した男が、闇を裂くように突進してくる。
結之助は、いまだかつてまみえたこともない敵を相手にしていた。
黒い恐怖が野太い槍となり、土塊《つちくれ》を飛ばしながら肉薄してくるのだ。
——殺《や》られる。
と、瞬時に察した。
からだは、金縛りにあったように動かない。
毛穴のひとつひとつにまで、恐怖が染《し》みこんでくる。
結之助は呆然と佇《たたず》み、刀を抜くことができなかった。

「ぬおっ」
猛獣は右八相から構えを変えず、そのまま刀を振りおろす。
巨木を薙ぎたおす樵夫《きこり》のように、荒々しい太刀筋であった。
死ぬのか、おれは。
結之助は観念し、眸子《まなこ》を瞑《つむ》った。
袈裟懸けに斬られた胴が、斜めにずり落ちる。
禍々《まがまが》しい場面すら浮かんだが、刃は落ちてこない。
静かに、目を開けた。
化け物の血走った眸子が鼻先にある。
蒼白い刃は、首筋から一寸のところで、ぴたりと止まっていた。
いや、そうではない。
もはや、斬られたのだと、結之助はおもいなおした。
痛みを感じる猶予もなく、あの世へおくられたのだ。
「なぜ、抜かぬ」
地獄への入口で、閻魔《えんま》が口をきいた。
地の底から響いてくるような声だ。

「なぜ、抜かぬ。ん、おぬし、隻腕《せきわん》か」

不思議そうに首をかしげたのは閻魔ではなく、どうやら、生身の人間らしい。

結之助はのどが渇いて返答できず、相手の目をじっと睨みかえした。

男は刀を納めるや、大股で数歩後じさり、そのまま去っていく。

なぜ、斬らぬ。

結之助はしばらくのあいだ、身じろぎひとつできなかった。

三

翌日、結之助は女駕籠を見失ったあたりへ立ちもどり、当《あ》て処《ど》もなく周囲を歩きまわった。

そのときは気づかなかったが、左右の道端には大きな銀杏《いちょう》の木が何本も植わっていた。銀杏並木の道は緩やかな上り坂で、紀伊《きい》屋敷のある北東に向かって弓なりに折れていく。

右手には小役人の屋敷が連なり、左手には甲賀《こうが》百人組の組屋敷が連なっていた。

突きあたりの開けたところからは、御先手組《おさきてぐみ》や小役人の屋敷が蜘蛛《くも》の巣状に広がっており、いずれにしても、駕籠の行き先を探ることは難しそうだ。

突きあたりを左手にまがると、大名屋敷の白い海鼠塀《なまこべい》が畝々《うねうね》とつづいていた。

手前の下屋敷は日向飫肥藩《ひゅうがおび》五万一千石、向こうの下屋敷は出羽山形藩《でわやまがた》六万石だ。石高の差は一万石足らず、にもかかわらず、敷地は山形藩のほうが三倍も広い。

海鼠塀をたどって行きついたさきには、渋谷川《しぶや》が滔々《とうとう》と流れている。

船寄せを見下ろすと、荷船が何艘か繋いであった。

荷船で渋谷川を下っていけば、増上寺の南端を抜けて芝金杉町《しばかなすぎちょう》の落ち口から大川へ漕ぎだすこととなる。

結之助は来た道をたどり、銀杏並木の道まで戻った。

日の高いうちであれば、通行人の行き来はかなりある。

化け物に襲われたあたりにぼんやり佇んでいると、深編笠の侍が気配を殺して近づいてきた。

「うっ」

同田貫の柄に左手を添える。

「待て」

首を捻ると、相手が深編笠の端をひょいと持ちあげた。

「わしだ」

深堀左内である。

「凄まじい殺気だぞ。どうした、おぬしらしくもない」

「すみません」

斬られる恐怖が染みついてしまっていた。

「ふふ、化け物に出くわしたようだな」

「はい」

深堀の配下を斬った化け物であることは確かだ。

どうして命を助けられたのか、その理由を考えあぐねている。

理由を糾すためにはもう一度対峙し、名状しがたい恐怖を味わわねばならぬ。

きっと、どちらかが死ぬ。死ぬのは恐い。だが、まみえてみたい気もする。

武芸者本然《ほんぜん》の荒ぶるおもいが、結之助の胸底に燻《くすぶ》っていた。

そのあたりを見透かしたかのように、深堀はにやりと笑う。

「どんな相手だ」

「大木のごとき大男です。猿叫《えんきょう》とおぼしき奇声を発しました」

「猿叫とな」

「野太刀自顕流《のだちじげん》の遣い手ではないかと」

「やはりな。あの太刀筋は薩摩の示現流《じげん》か、野太刀自顕流のいずれかとおもうておったわ」

薩摩藩にとっては門外不出の御留流《おとめ》、示現流が上士《じようし》の修める剣であるのにたいし、野太刀自顕流は下士の剣ともいわれている。

剣理は無きに等しい。

抜いたら、斬るのみ。

蜻蛉《とんぼ》と称する独特の八相から、神速果断な一撃を繰りだす。

防守と受け太刀を排し、攻めのみをこころざす。

猿叫と呼ぶ奇声を発し、相手を恐怖のどん底に陥《おとしい》れるのが、野太刀自顕流にほかならない。

「その化け物、鼻と口は布で隠しておりましたが、月代は伸び放題でした。風体から推すと、薩摩藩から放逐された輩かと」

「われらと同じ陪臣《またもの》か」

「そのようです」

「おぬし、よう生きのこったな」

「抜かずにいたら、生かされました。理由は皆目《かいもく》、わかりません」

「ほほう。抜かねば斬ってこぬ相手か。そやつ、自分なりの掟をつくっておるのやもしれぬ」

「自分なりの掟」

「尋常な勝負でなければ、相手を斬らぬとか、そうした掟だ。剣におぼえのあるおぬしなら、わからんでもあるまい」

たしかに、抜かぬ相手は斬りづらい。ましてや、隻腕であるという弱みをみせられたら、斬りつける信念が鈍ることもあろう。

「ま、立ち話も何だ」

深堀に誘われ、結之助は梅窓院の門前にある水茶屋へ向かった。

毛氈の敷かれた前後の席に、背中合わせで座る。

深堀が低声《こごえ》ではなしかけてきた。

「おたまが消息を絶った」

「え」

「振りむくな。誰がみているともかぎらぬ」

水茶屋の娘が注文を取りにきたので、結之助は緑茶を頼んだ。

深堀がつづける。

「どうやら、おたまが五人目の犠牲者になったようだ。われわれは今、必死に行方を捜している」

「立花の局は」

「城に戻っておるわ。平気な顔でな」

「それで、わたしは何を」

結之助は平静を装った。

「おぬしに頼みたいことがある。今から、神田多町《かんだたちょう》の青物《あおもの》大路に向かってほしい。『八百吉《やおきち》』という青物の卸問屋に足繁く通ってくる者がおる。名は伝六《でんろく》、立花の局に仕える御菜《ごさい》だ」

緑茶が運ばれてきたので、ふたりは口を噤んだ。

結之助が問うた。

「御菜とは」

「御用聞きさ」

御殿女中にとっては、内と外を繋ぐ唯一の手管であるという。

「伝六は痩せた小男でな、鼻の脇に大きな黒子《ほくろ》がある。青物市場《やっちゃば》には、たいてい逢魔刻《おうまがとき》にあらわれる。おぬしなら、すぐにわかろう。われらは、御菜の伝六が鍵を握っていると睨んでいる」

いったい、何をやらせようというのか。

「脅しあげてくれ。なあに、暗がりへ連れこんでちょいと痛めつけ、知っていることを吐かせればいい」

「御菜を吐かして、何か出てくるのですか」

「わからん。駄目元《だめもと》さ」

「何か喋ったら、どうします」

「そのときは、わかっておろう」

口を封じるのだと、深堀は一段と声をひそめた。

四

夕暮れが近づいてくると、鎌倉《かまくら》河岸から「やっちゃー、やっちゃー」という競《せ》りの掛け声が聞こえてくる。青物市場《やっちゃば》の由来ともなった夕市の掛け声を聞きながら、結之助は市場の喧噪《けんそう》にどっぷり浸かり、土臭い匂いを嗅ぎわけつつ、青物商が軒を連ねる多町へ足を運んだ。

千住の葱《ねぎ》に練馬《ねりま》の大根、内藤新宿《ないとうしんじゆく》の南瓜《かぼちゃ》に滝野川《たきのがわ》の牛蒡《ごぼう》と人参《にんじん》、旬は谷中《やなか》の生姜《しょうが》あたりだが、ここに来れば一年じゅう色とりどりの野菜が揃っている。

五十軒は優に超えるであろう店のなかでも、八百吉はひときわ間口の広い店だった。天秤棒を担いだ振《ふ》り売《う》りから長屋の嬶《かか》ぁまで、人の出入りは多く、目を張りつけておくのがしんどいほどだが、半刻《はんとき》（およそ一時間）ほど物陰に潜んで様子を窺っていると、深堀左内が言ったとおり、鼻の脇に大きな黒子のある小柄な男があらわれた。

「御菜の伝六か」

周囲を気にする怪しい素振りをみせ、店の主人らしき小太りの男と何やら立ち話をしはじめる。別れしなに周囲を窺い、文のようなものを手渡してから、その場を足早に離れていく。

まっすぐに千代田城大奥へ戻るとすれば、濠に沿って西へ向かい、一《ひと》ツ橋《ばし》御門から竹橋《たけばし》方面へ抜けていくはずだ。

一ツ橋御門前には護持院《ごじいん》ヶ原という空き地が広がっている。

おもったとおり、伝六は濠沿いの道を小走りに進み、一ツ橋御門をめざしていた。

結之助はふっと道から外れ、右手に広がる空き地のなかをひた走った。

正面には大きな夕日があり、杏子《あんず》色の汁を涙のように滴《したた》らせている。

風に靡《なび》く草原は燃えるような朱に染まり、千代田城の甍《いらか》を浮かびたたせていた。

結之助は気づかれぬように伝六を追いこし、そのままの勢いで道に飛びだした。

「うひぇっ」

物盗りと勘違いしたのか、伝六はその場で棒立ちになる。

結之助はするすると近づき、鳩尾に当て身を食らわせるや、ぐったりしたからだを軽々と左肩に担いだ。

遠くに人影はあったが、あまりの素早さに気づいた者もいない。

結之助は背の高い草叢の奥へ踏みこみ、どさっと伝六を抛りなげる。

すぐそばに、首の無い石地蔵があった。

首は少し離れたところに転がっており、苔生《こけむ》している。

小柄なからだを背後から抱きおこし、活を入れた。

「うっ」

伝六は目を醒ますや、ぶるぶる震えはじめた。

「安心しろ。正直にこたえれば、命は助けてやる」

と言いつつも、結之助は屈み、地蔵の頭を拾いあげる。

「げっ、何をなさるので」

地蔵の頭で撲《なぐ》られると、察したらしい。

哀れな御菜にしてみれば、胆の縮むおもいだろう。

いきなり、悪夢をみせられているようなものだ。

結之助は、恐ろしいほど静かに問うた。

「八百吉の主人に、文を渡したな」

「え」

「みておったのだ。文の内容を教えろ」

「は、はい」

伝六は、ごくっと唾を呑みこむ。

「こ、肥船《こえぶね》を廻す日と刻限が記されてありました」

「肥船とは」

千代田城の肥を城外へ運ぶ葛西《かさい》村の肥船だという。

「八百吉の主人に、一艘だけ手配してもらうのです」

「肥船なら、青物商が手配せずとも、城への出入りを許されておろう」

「それが、ふつうの肥船じゃまずいもんで」

「どういうことだ」

「千両糞と呼ぶ極上の肥を運びます」

「千両糞だと」

「はい。何でも、公方《くぼう》さまの捻りだしたものだとか」

公方の糞だけを峻別して運びだすべく、何日かに一度、特別に肥船を一艘しつらえるのだという。

眉唾《まゆつば》なはなしだ。

「おぬし、からかっておるのか」

「と、とんでもございません」

「嘘を吐いたら、こうなるぞ」

結之助は石地蔵の頭を掲げ、伝六のすぐ脇にどすんと落とす。

「ひぇっ。やめてください、後生《ごしょう》です。嘘偽りは申しません」

目は嘘を吐いていない。信じてもよさそうだ。

「文に書かれた日付と刻限は」

「明晩、戌《いぬ》ノ五つにございます」

「どこに行けばいい」

「え、お行きなさるので」

結之助は、ぐっと睨みつける。

「余計なことは聞くな」

「は、はい。不浄門外の船寄せにござります」

「不浄門とは、平川《ひらかわ》御門のことか」

「さようです」

そこに、八百吉の口利きで百姓たち数人が集められ、手配師の用意した肥船で城内へ漕ぎすすむという。

「なれば、もうひとつ聞こう。立花の局の部屋方から行方知れずとなった娘たちがおろう」

「五人おります。神隠しに遭いました。立花さまのおはなしでは、落ち度があったお女中に天罰が下ったのだとか。もっとも、神隠しに遭ったお女中は、ほかの部屋方にもおられます」

「何だと」

「外にはあまり知られておりませんが、この半年だけみても、大奥で神隠しに遭ったお女中はたぶん、三十人は超えておりましょう」

神隠しの裏には、かならずや、何らかのからくりがある。

だが、伝六は怪しんでいる様子もない。

立花のことばを鵜呑みにしているのだ。

結之助は、さっと後ろを向いた。

「行ってもよいぞ」

「え、よろしいので」

「ああ。されど、このことは黙っておいたほうが身のためだ。余計な告げ口をすれば、命を縮めることになろう」

伝六は返事もせず、独楽鼠《こまねずみ》のように逃げていった。

夕日は溶けてなくなり、あたりは薄暗くなってくる。

冷たい風に靡いた草が、女の指のように頰を撫でた。

五

おつね婆の歌う子守歌が、結之助の耳から離れない。

「どんぶらこっこどんぶらこ、寝る子はよい子じゃな、起きている子はわるい子じゃ。日向の船が漕ぎよせて、鬼っこの棲む島へ連れていく。どんぶらこっこどんぶらこ、寝る子はよい子じゃな」

芳町で十九文店《じゅうくもんみせ》を営むおつね婆は、紋蔵の死に別れた女房の母親だ。若い時分、遊び人の夫に捨てられ、残された娘を育てるために春を売った。やがて、成人した娘も生きるために春を売るようになり、力士くずれの通り者とくっついてしまった。

娘は美人局《つつもたせ》の片棒を担がされ、数年後、通り者の情夫は捕まった。縄を掛けた岡っ引きが霜枯れの紋蔵だった。情夫は牢死し、娘は紋蔵とくっついた。ようやく人並みの幸福を摑んでくれたと喜んだ矢先、流行病《はやりやまい》に罹《かか》って逝ったのだ。

娘に死なれたおつねは生きる気力を無くし、大川に身を投げようとおもった。が、紋蔵に救われた。娘が死ねば赤の他人とおもっていた岡っ引きが、死んではだめだと必死に励ましてくれた。おまけに、十九文店の商いまで世話してもらった。

　おつね婆は、店のいつもきまった場所にちょこんと座っている。昨夏の川開きのころから、曽孫《ひまご》のような六つの娘と暮らすようになった。

　おたみというその娘は、大雨の日に崩れた材木の下敷きになった母親が死に、天涯孤独の身となった。たまさか通りかかった結之助に助けられ、ひなた屋のおふくの発案もあり、おつね婆のもとへ預けられたのだ。

　おふくが引きとって育てることもできたが、おつね婆が手放そうとしなかった。おたみも察していた。自分を必要としてくれる家の子になることができたら、その家で懸命に生きてみよう。健気《けなげ》にも、そう考えたのだ。

　ふたりは本物の婆と曽孫のように、ずっと仲良く暮らしている。

　紋蔵に言われたことがあった。

　――人にはそれぞれ、事情ってもんがある。長く生きたぶんだけ、悲しみも増えていく。悲しみを知る者は、他人の痛みも知ることができる。痛みを分かちあうことで、どうにか、生きながらえることができるのさ。

　おたみに聞かせる哀しい婆の子守歌が、結之助の耳から離れない。

「どんぶらこっこどんぶらこ、寝る子はよい子じゃな、起きている子はわるい子じゃ、日向の船が漕ぎよせて、鬼っこの棲む島へ連れていく……」

巷間では、そうした日向の人買い船がほんとうに存在するものと信じられていた。大奥奉公の女中たちが神隠しに遭ったことをおもえば、あながち、根拠のないはなしではあるまい。

深堀左内に文の内容を告げると、百姓に化けて城内へ潜入してほしいと、命令口調で告げられた。

拒む理由もなかったが、左腕だけで肥樽を運ぶのには不安があった。

迷ったすえ、蔭間の京次にも声を掛け、手伝ってもらうことにした。

京次は蔭間にしてはごついからだつきをしており、あまり他人に知られたくないらしいのだが、人並み外れた力持ちでもある。ふたつ返事で承諾してくれ、遊《ゆ》山《さん》気分でいそいそと従いてきた。

「旦那と夜のお濠をそぞろ歩くなんて、夢でもみている気分だよ、ふふ」

嬉しそうなことばとはうらはらに、野良着を纏って猫背で歩く様子は葛西村の百姓そのものだ。

「で、何を運ぶんだっけ」

「糞だ」

「おえ」

京次は腰を抜かしかけた。

「ただの糞ではない。公方の捻りだした千両糞だ」

「へえ、千両糞ねえ。さぞかし美味いもんを食ってんだろうから、値も張るのはわかるけど、そいつが公方さまのものだっていうのは、どうやって見分けるんだろう」

百姓にとって、人糞は買うほど貴重なものだった。

「ま、どうでもいいや。お城見物を楽しんでやろう」

京次は自分に言い聞かせ、はりきって腕捲《うでまく》りなどをしてみせる。

ふたりが平川御門外の船寄せに着いたころには、あたりはとっぷり暮れ、合図の提灯が廻されていなければ、手配師のすがたを見逃すところだった。

提灯のそばまで近づいてみると、すでに、ふたりの百姓が先着していた。

手配師は名を茂平《もへい》といい、のっぺりした平目《ひらめ》顔の男だ。

「四人揃ったな」

ということは、もうふたり別の百姓がやってくる手筈なのだろう。

ふたりの仕事を横取りした恰好になったが、そんなことにかまってなどいられない。

「よし、行くぞ」

手配師も入れて五人は細長い肥船に乗りこみ、船寄せを離れていく。

平川御門は不浄門と呼ばれ、城内で死人が出たときなどに使用された。

幕臣や御用商人の出入りは皆無なので、監視の目はゆるい。

石垣を刳《く》りぬいた水門を難なく潜りぬけると、黒い鏡面に水脈《みお》を曳く肥船とおぼしき船影がいくつもみえた。

千代田城から出る大量の糞尿は、毎夜、葛西の百姓たちによって汲《く》みとられる。汲みとり運搬は葛西村にだけ許された特権にほかならず、百姓たちは見返りとして、無料《ただ》で新鮮な野菜を献上する義務を負っていた。

「へえ、こいつはすげえや」

京次は舷《げん》から身を乗りだし、物珍しそうにあたりをみまわしている。

月影を浴びた汐見櫓《しおみやぐら》、うねるようにつづく白壁、幾重にも連なる御殿群、それらが随所で篝火《かがりび》に照らされ、妖しげに浮きあがっていた。

みるものすべてが珍しかったが、先着した百姓たちは何度かやってきたことがあるらしく、景色を楽しむ風情でもない。同じような背恰好のふたりは成田の小作人で、名は留吉《とめきち》に熊八《くまはち》といった。

濠は満々と水を湛《たた》え、大きな鯉が跳ねるたびに、京次は声をあげそうになった。

「正面が梅林櫓《ばいりん》、右手の二重櫓までは五十間《けん》だ」

手配師の茂平は、得意気に胸を張る。

長屋の白壁が途切れた狭間に、めざす北桔橋御門《きたはねばし》の船寄せがあった。

火事で天守閣を喪失した天守台の裏手にあたっている。

北桔橋御門を抜ければ、右手奥に公方の渡る御座所や御台所の御殿があり、さらなる奥には本丸の御殿群が連なっていた。

肥船がつぎつぎに漕ぎよせ、桟橋に降りた百姓たちは闇の向こうへ消えていく。

誰ひとり、余計な口はきかない。

宿直《とのい》の伊賀者《いがもの》が目を光らせているので、下手なまねはできなかった。

手配師の茂平は慣れた仕種で、桟橋の隅へ近づいていく。

「あそこだ」

纜《ともづな》を結ぶ杭のそばに、筒袖の侍が待ちかまえていた。

目付きの鋭い四十前後の男だ。

手配師は「組頭さま」と呼んだ。

おおかた、御広敷の組頭あたりであろう。

大奥の庭に潜み、外敵の警戒にあたる伊賀者の差配役だ。

油断のならない物腰から推せば、かなりの手練《てだれ》とみてまちがいなかった。

「そやつらが今宵の運び手か」

「さようで、組頭さま」

今宵の、という言いまわしから想像するに、以前にも同じような運びだしがおこなわれたにちがいない。

四人の担ぎ手は栈橋に降りたち、一列に並ばされた。

「ふうん、おぬし、六尺はありそうだな」

組頭は結之助の面前に立ち、肩をぽんと叩いた。

隻腕であることを気取られぬように、右腕には糝粉《しんこ》細工の義手を塡《は》めている。

もちろん、丸腰だった。

「名は」

組頭は顎をあげ、息の掛かるほどの間合いから問う。

こたえあぐねていると、京次が助け船を出してくれた。

「旦那、そいつは牛三《うしぞう》っていいます。何しろ、牛みてえに無口な野郎でね。へへ」

「ふん、さようか。まあ、よかろう。わしは野尻兵馬《のじりへいま》じゃ。今宵の役目をとどこおりなく遂げたあかつきには、おぬしらに金一封出してつかわす」

「へへ、そいつはありがてえ」

軽口を叩いた途端、京次はぎろっと睨まれた。

手配師の茂平は桟橋に残って待ち、百姓四人は野尻と名乗る組頭の背につづく。

見上げれば、北桔橋御門の急峻な壁が立ちふさがっていた。

門を潜って武者溜まりを抜ければ、大奥女中の起居する長局《ながつぼね》へたどりつく。

長局は四棟建てで、南から北へ帯のように細長く並んでいる。

野尻は松明《たいまつ》を灯《とも》し、地下の隧道《ずいどう》へ通じる石段を降りていった。

足を踏みいれたのは、網目のように錯綜する地下通路である。

「隧道を通って、万年《まんねん》をめざす」

野尻は、前を向いたまま言った。

長局の随所には「御用所」と呼ぶ四畳大の雪隠《せっちん》がしつらえてある。雪隠の底に大下水が貫通しており、糞尿は大下水の数ヶ所に掘られた「万年」という丸井戸へ流れこむ仕組みになっていた。

大下水は長局の長大な渡り廊下に沿って、地下のかなり深いところに渡され、結之助たちの進む側溝との分岐点に「万年」が掘ってある。側溝は地面から二間の深さに掘られ、壁面は木枠で土留めがなされていた。底板も渡されてはいたが、地下水が滲みでてくるので、足許はどうしても濡れてしまう。側溝は随所で連結しあい、網目のように錯綜していた。

側溝から石段を何段か降りると、丸井戸へたどりつく。

傾斜した大樋を伝って流れこんだ糞尿が、井戸のような穴のなかにたっぷり溜まっていた。

「万年だな」

「おえっ、臭《くせ》え」

京次は鼻を摘んだ。

野尻は見向きもしない。

すでに、空樽がふたつ並べてある。

「汲みとり方は、わかっておろうな」

水気を抜きながら手桶で糞を汲みとり、肥樽《こえだる》を満杯にして担ぎだすのだ。

「よし、はじめろ」

京次は吐きたいのを我慢している。

結之助も鼻が曲がりそうだが、留吉と熊八は平然としていた。

「糞に慣れるってのも、立派な特技だぜ」

野尻がいなくなったのをよいことに、京次は悪態と冗談を口にした。

それでもどうにか、小半刻ほど汲みとり作業を繰りかえし、満杯になった樽に蓋をすると、ふたりひと組になって天秤棒を担ぎ、地上へせっせと運びだした。

桟橋では茂平が待ちかまえており、肥樽の積みあげを手伝った。

肥樽はぜんぶで六つあると聞き、京次はげんなりした顔をする。

「ひなげしの旦那よ、おかまが肥汲みなんて、洒落にもならねえ」

部屋に居座って稼ぐ蔭間にしてみれば、汗と糞にまみれた作業はさすがにきついらしく、弱音を吐いてばかりいる。

「いくら旦那の頼みでも、金輪際《こんりんざい》、受けつけないからね」

さきほどの「万年」まで戻ってみると、肥樽が四つ並んでいた。

奇妙なことに、四つとも蓋が釘打ちされている。

待ちかまえていた野尻が言った。

「肥汲みはせずともよい。四つの樽をそのまま運びだすのだ」

「うへ、やったぜ」

京次は小躍りして喜んだ。

樽を担いでみると、さきほどよりずいぶん軽い。

「こいつはたぶん、千両糞だよ。さっきのは、奥女中のほうさ」

京次は片目を瞑ってみせたが、中身が肥でないことは容易にわかった。

ともかく、野尻の指図どおり、四人で肥樽を担いでさらに二往復し、六つの肥樽を船に積みこむ作業も終わった。

「茂平、纜を解け」

「へい」

野尻もいっしょに、六人全員で船に乗りこむ。

重そうに滑りだした船は、生け垣に囲まれた巨大な生《い》け簀《す》を水馬《あめんぼ》のように漕ぎすすんだ。

水門脇の番小屋で通り一遍の誰何《すいか》を受け、平川御門の外へ潜りぬける。

門外の船寄せには立ちよらず、そのまま、狭隘《きょうあい》な水路をたどって神田川をめざしていった。

神田川を東へ向かったさきは柳橋《やなぎ》。東の葛西村をめざすのであれば、大川を斜めに突っきり、深川の万年橋《まんねん》から小名木川《おなぎがわ》へ進入しなければならない。

ところが、肥船は巽《たつみ》の方角へ舳先《へさき》を向けなかった。

漆黒の大川へ躍りでたところまではよかったものの、両国橋を潜ってしばらく経ってからも、南進しつづけたのだ。

留吉と熊八は首をかしげ、不安げな顔になる。

手配師の茂平は巧みに船を操り、箱崎《はこざき》を過ぎて永代橋《えいたい》を潜り、石川島《いしかわじま》の島影を左手にのぞみながら、暗黒の入口のような海口へ向かっていく。

築地《つきじ》の寒《さむ》橋を右手後方に置いても、誰ひとり口をきこうとしない。

六つの肥樽を積んだ船は浜御殿《はまごてん》を通過し、ようやく、舳先を右手に向けた。

「渋谷川か」

大名屋敷の高い塀に囲まれた口は、渋谷川の河口だ。

船はゆっくり舳先を進め、暗い川面を遡上《そじょう》しはじめた。

右手奥に鬱蒼《うっそう》と佇む杜《もり》は、増上寺の杜にほかならない。

――ごおおん。

亥《い》ノ刻を報せる芝切通しの鐘の音が、やけに大きく聞こえてくる。

船は赤羽橋《あかばね》を潜り、川が鉤《かぎ》の手にまがる一ノ橋の手前で汀《みぎわ》に寄った。

前方に、小さな栈橋がある。

「よし、着いたぞ」

舳先に座る野尻兵馬が、押し殺すようにつぶやいた。

六

栈橋のさきには、二台の大八車が用意されてあった。

「手っとり早く荷揚げしろ」

野尻に命じられ、三樽ずつ大八車に積みかえ、暗がりへ向かう。

あたりには、町屋も武家屋敷もない。

細道だけがどこまでもつづく、護寺院ヶ原のような馬場であった。

「その辺りでよい」

野尻は、自分だけ納得したように頷く。

「荷を降ろせ」

結之助は不審におもったが、言われたとおりにした。

「つたく、何だよ。積んだり降ろしたり、忙《せわ》しねえこったぜ」

京次は文句を垂れたが、つぎの瞬間、唾を呑みこんだ。

暗がりから突如、二挺《ちょう》の空駕籠を担いだ陸尺どもがあらわれたからだ。

手替わりも入れれば、七人になる。いずれも背の高い偉丈夫《いじょうふ》で、そのなかの何人かは見覚えがあった。立花の局の鋲打《びょううち》駕籠を担いでいた連中だ。

百姓の留吉と熊八は凶兆を察してか、ぶるぶる震えている。

野尻は肥樽に顎をしゃくり、結之助に命じた。

「おぬし、樽の蓋を開けてみろ」

命じられたとおり、左側の肥樽から蓋を開けていった。

ひとつ目とふたつ目の樽は、糞尿に満たされた肥樽だ。

三番目の蓋をこじ開けた途端、あっと小さく声が漏れた。

糞尿ではなく、花柄の着物を纏った娘が底に蹲っている。

「ふふ、それが千両糞の正体よ。ほれ、つぎも開けてみろ」

言われるがままに蓋をこじ開けると、こちらにも猿轡《さるぐつわ》を嚙まされた娘が押しこめられていた。目を閉じており、息をしているかどうかもわからない。

「案ずるな。眠らせてあるだけだ」

さらに、四番目の蓋を開け、結之助は顔をしかめた。

納まっていたのは娘ではない。屍骸だ。

蠟《ろう》のように白い顔には、見覚えがある。

「そいつは御菜の伝六だ。裏切り者は糞溜《くそだめ》に浸かって死ぬ」

言うが早いか、野尻はずらりと刀を抜いた。

「ぎゃっ」

やにわに、留吉が斬られた。

逃げだそうとした熊八も、手配師の茂平に背中を斬られて死んだ。

体格のよい陸尺どもが、じりっと囲みを狭めてくる。

結之助は京次を背に庇《かば》い、腰を落として身構えた。

愛刀の同田貫はない。

野尻が、じりっと迫った。

「伝六はすべて喋ったぞ。護寺院ヶ原でやつを脅したのは、おぬしであろう。わしが気づかぬとでもおもうたか。さあ、吐いてもらおうか。おぬし、何者だ。目付の配下か。それとも、どこぞの藩に雇われた野良犬か」

「どうとでもおもえ」

「ふっ、そうきたか。ま、どちらでもかまわぬがな。冥途の土産に言いのこしておきたいことがあれば、聞いてやってもよいぞ」

結之助は、ぐっと身を乗りだす。

「ならば、聞こう。神隠しと偽って、大奥奉公の女中たちを拐《かどわ》かし、いったいどこへ運ぶのだ」

「はあて。唐土《もろこし》か天竺《てんじく》か、はたまた南蛮か。人買い船の行く先は、下っ端のわしなんぞには見当もつかぬ」

「命じたのは、立花か」

「ほかに誰がおる。これもお役目よ」

平然と言ってのける態度が癇《かん》に障った。

「ふざけるな」

「ふざけてはおらぬ。三千人からいる奥女中のなかから何人か欠けたところで、天地がひっくり返るわけでもなし。海を渡った娘たちが異人の慰みものになったとて、わしには関わりのないことだ」

「おぬし、このようなことをして、罪に感じぬのか」

「あいにく、ぬるい情けは持ちあわせておらぬ」

「なるほど、ようわかった」

「わかってどうする。ふん、丸腰のくせに粋がりおって。どこの馬の骨とも知れぬが、山狗の餌にでもなるがいい。それ、掛かれ」

野尻に煽《あお》られ、陸尺に化けた手下どもが一斉に斬りかかってくる。

結之助はひとり目の初太刀を外し、手刀で籠手《こて》を打った。

「うぬ」

落ちた刀を拾いあげ、びゅんと薙ぎあげる。

相手の首が飛んだ。

斬り口から、びゅっと血飛沫が噴きだす。

「ぬわっ」

うろたえた敵どもの間隙を衝き、左右ふたりに迫って脾腹《ひばら》を剔《えぐ》る。

「ぐえっ」

間髪を容れず、四人目の咽喉を突き、返り血を避けながら五人目を逆袈裟に斬る。

「はっ」

結之助は、むささびのように跳躍した。

刀を握った左腕を撓《しな》らせ、大上段から六人目の頭蓋を叩きわる。

「どひぇっ」

左手で浅く握った刀の柄を、くるっと器用に旋回させた。

呆然と佇む七人目の相手だけは、鳩尾に柄頭《つかがしら》を叩きこむ。

「ぬぐっ」

鬼神のような太刀捌《さば》きに、蔭間の京次も驚いている。

「ひぇええ」

手配師の茂平が悲鳴をあげ、一目散に逃げだした。

ところが、逃げこもうとした草叢から、千鳥十文字槍の穂先が突きだされた。

鋭利な先端が茂平の左胸を刺しぬき、背中から飛びだしてくる。

ずぼっと引きぬいた槍を二度、三度と旋回させながら、月代頭の侍がのっそりあらわれた。

無双左内こと、深堀左内にほかならない。

「すまぬ。ちと遅うなった」

うそぶく左内の背後には、捕り方装束に身を固めた配下たちが控えている。

いずれも、一騎当千で鳴る長岡藩の番士たちだ。

「うぬ、くそっ」

歯噛みする野尻にたいし、結之助は口をひらいた。

「おぬし、ひとりになったな」

「ほざけ。わしは、うぬよりも強い男を知っておる」

「ん。それは猿叫を発する男のことか」

「さよう。薩摩の男だ。たとい、この場でわしが斃《たお》れても、おぬしは斬られる運命にあるのだ。ふはは」

「どうかな」

「死ね。くりゃ……っ」

野尻は気合いを発し、伸びあがるように突いてきた。

結之助は造作もなく弾き、敢然と白刃を振りかざす。

「はう……っ」

月をも裂かんとする勢いで、物打ちを叩きおとした。

「ぬえっ」

野尻の脳天は、ぱかっとふたつに裂けた。

深閑としたなかに、血のしぶく音だけが聞こえている。

「お見事」

深堀が一歩踏みだし、賞賛の声をあげた。

結之助は、眸子を涙で滲ませている。

京次が叫んだ。

「旦那、こいつ、息を吹きかえしたよ」

当て身を食《くら》わせた七人目の男が、脅《さ》えた顔で惨状を眺めている。

結之助は涙を拭きもせず、白刃を提げたまま近づいた。

「ご、ご勘弁を、後生です」

命乞いする男を、静かに脅しあげる。

「一度しか聞かぬ。駕籠を運ぶさきはどこだ」

「ひ、広尾原《ひろおのはら》の幽霊屋敷」

広尾原は、渋谷川を少し遡上したさきだ。

「地図を描け」

「は、はい」

男は枯れ枝を手に取り、土のうえに屋敷の位置を描いてみせた。

「そこに、拐かした娘たちがいるのだな」

「わ、わかりません」

屋敷に運べとしか、命じられていなかったらしい。

「ここの始末は、わしらに任せろ。おぬしらは広尾原へ向かえ」

深堀に命じられ、結之助と京次は血腥《ちなまぐさ》い馬場をあとにした。

七

広尾原へ来てみると、雑木林を抜けたさきに何十年と使われた形跡のない廃屋が佇んでいた。

近在では「幽霊屋敷」と呼ばれ、昼なお暗いこのあたりへ近づく者とていない。

拐かした娘たちを隠すには、もってこいのところにおもわれた。

「ぞっとしねえや」

京次は湿った枯葉をぐにゃっと踏みしめ、深堀左内の配下に借りた龕灯《がんどう》を翳す。

骨のような枝影や石灯籠などが映るたびに、うひぇっと声をあげた。

薩摩の化け物も、この廃屋に潜んでいるのだろうか。

不思議と、恐れはない。

「そいつ、何者なんだい」

京次が、怖々問うてくる。

黒幕に雇われた浪人者だろうと踏んでいたが、肝心の黒幕が誰なのか、結之助には見当もつかない。

「旦那、引《ひ》っ返《け》えそうぜ」

京次は破れかけた門の手前で足を止め、および腰で言った。

結之助は返事をせず、龕灯に火を点け、門を押しひらく。

ぎぎっと音がし、京次はまた小さく叫んだ。

飛び石を伝って玄関へ進み、朽ちた板戸を蹴破る。

耳を澄ませても、人の気配はない。

内を覗いても黴《かび》臭いだけで、誰かの踏みこんだ形跡はみつけられなかった。

結之助は屋敷のなかを歩きまわり、部屋のひとつひとつを隈《くま》無く捜しまわった。

おたまや萩乃や、不運にも拐かされた娘たちを救ってやりたい。

痛切なおもいが迫《せ》りあがってくる。

だが、屋敷内には誰ひとりいない。

京次は小走りに内を抜け、勝手口から裏へ飛びだした。

「旦那、早くおいで。古井戸があるよ。ほら、あそこ」

結之助は草を掻きわけ、井戸に近づいていく。

「まさか、覗くのかい」

「ああ」

「やめとこうよ。そこがいっち怪しいんだから」

古井戸といえば物《もの》の怪《け》の住処《すみか》だと、京次のような芝居好きでなくとも考える。

結之助は龕灯をかたむけ、古井戸のなかを照らしてみた。

「空井戸のようだな」

蔦《つた》のからまった縁に触れ、釣瓶《つるべ》に目を向ける。

「ん」

滑車が黒光りしており、使われた形跡があった。

結之助は釣瓶の綱を握り、がらがらと手繰《たぐ》りよせる。

「旦那、頼むからやめておくれよ」

すぐそばで、京次が悲鳴をあげた。

濡れ髪の女があがってくるとでも想像したのか、両手で目を覆う。

あがってきたのは、水桶だった。

水は入っていない。

桶の底に、布の切れ端がへばりついていた。

京次が指の隙間から覗く。

「そいつは、薙ぎ袖だよ」

「薙ぎ袖」

結之助が拾って渡すと、京次はひろげてみせた。

「白地に紅梅かあ。けっこう値の張る布だな、こりゃ」

まだ新しい。

「ん」

記憶のなかで、紅梅の薙ぎ袖を纏った役者の顔が閃いた。

「芳咲梅之丞がたしか、これと同じ薙ぎ袖を纏っていた」

「梅之丞といやあ、当代一の女形だろう。嫌いじゃないよ。三千世界に子をもった親の心はみなひとつ。先代萩の政岡《まさおか》をやらせたら、右に出る者はいやあせん」

「こんなところで見得を切ってどうする」

「えへへ」

「京次、釣瓶を降ろしてくれぬか」

「え、どうするっての」

「降りてみる」

結之助は京次に綱を握らせ、股で挟みこむようにして手桶のうえに乗った。

「くっ、重え」

「すまぬ。ゆっくり、降ろしてくれ」

龕灯の柄を銜《くわ》え、左手で綱を握りしめる。

滑車が軋《きし》み、徐々に下がっていった。

掘抜井戸だが、底はさほど深くない。

結之助は底に達すると、龕灯で壁面を照らした。

「旦那、どうだい」

京次の問いが、井戸のなかで反響する。

側面の足許から、ひんやりした風が吹いてきた。

「横穴があるぞ」

屈めば、どうにか通りぬけられそうだ。

迷うことなく、結之助は踏みこんだ。

「だ、旦那」

京次の声が、かぼそくなった。
横穴は進むにつれて広くなり、やがて、首を少し曲げるだけで歩けるほどになった。
城内の側溝につくりが似ている。
まっすぐ半丁余りも進むと、行きどまりの壁に達した。
円形ではなく、壁面に板を貼って囲った四角い空間だ。
脇に縄梯子《なわばしご》がぶらさがっており、結之助は龕灯の柄を銜え、梯子を登りはじめた。
片手しか使えないため、登るのは容易でない。
登りつめてみると、頭上を板で塞がれていた。
ふっと、龕灯の火を消す。
板の隙間から光が漏れていないのを確かめ、床板を少し押す。
楽に持ちあがった。
「ままよ」
おもいきり跳ねあげ、穴から外へ転がりでる。
「うっ」

鼻をついたのは、糞尿の臭いだ。

龕灯に火を点け、あたりを照らしてみる。

がらんとした部屋に、暖を取るための藁草が敷きつめられていた。

天井も高いので馬小屋のようだが、馬は繋がれておらず、人の気配もない。

ただし、糞尿を溜める肥桶を調べてみると、つい今し方まで人がここにいた形跡が窺われた。

「ここか」

娘たちは、この小屋に隠されていたのだ。

おそらく、危険を察知した敵の手で、別の場所へ移されたにちがいない。

おたまも、移された一団のなかにいるのだろうか。

何か手懸かりはないか、結之助は必死に探した。

そして、しばらくして、動きまわるのを止めた。

おたまはすでに、手懸かりを残してくれていた。

「薙ぎ袖だ」

そのことに気づかされ、奥歯を噛みしめる。

やはり、梅之丞を調べてみるしかあるまい。

丸木の扉を開け、結之助は外へ出てみた。

小屋は四方を丈の高い葦《よし》で囲まれている。

葦を掻きわけると、さきにあるのは沼だ。

裏手も、左右も、同じ漆黒の沼であった。

何やら、瘴気《しょうき》が漂っている。

「浮島か」

小屋の正体は、浮島に築かれた阿弥陀《あみだ》堂だった。

龕灯を翳しても暗すぎて、沼の広さはわからない。

古井戸から通じる横穴は、沼の底を通したものなのだろう。

いずれにしろ、鳥の目で見下ろさぬかぎり、みつけられない場所のようだった。

結之助は沼の縁に佇み、空に輝く星をみつめた。

「どんぶらこっこどんぶらこ、寝る子はよい子じゃな、起きている子はわるい子じゃ、日向の船が漕ぎよせて、鬼っこの棲む島へ連れていく」

我知らず、おつね婆の子守歌が口を衝いて出てくる。

梅窓院の手前をまがった銀杏並木の向こうには、何らかの手懸かりがある。

記憶の狭間に埋もれてしまった何か、それがいっこうに、おもいだせない。

底なし沼に沈んでいくような、厭な感じを覚えた。

八

翌日、結之助は芝居町の中村座に足を向けた。

未明の一番太鼓で幕を開けた「伽羅先代萩《めいぼくせんだいはぎ》」はあいかわらず盛況で、桟敷《さじき》席から大向こうまで、客はぎっしり埋まっている。梅之丞の演じる乳母政岡が我が子の死を嘆く愁嘆場《しゅうたんば》では、場内のあちこちから啜り泣きが漏れ聞こえた。かぶりつきをみやれば、おふくや紋蔵のすがたもある。おつね婆と幼いおたみも座っていた。京次などは「ちくしょう、ちくしょう」と言いながら、傍目《はため》も憚《はばか》らず泣いている。

ただひとり、結之助だけは芝居を観ていない。

幕間《まくあい》をみはからって小屋を出ると、裏口にまわりこみ、女形の羽織を纏った木戸番が眠っているのをよいことに、楽屋裏へ忍びこむ。

楽屋裏は忙《せわ》しない。大道具の親方が弟子を叱りつけているかとおもえば、役者同士で口喧嘩をしていたりする。大勢の人が行き交う混乱のなか、結之助を見咎《とが》める者もおらず、奥の奥まで楽々と潜入できた。

梅之丞は看板役者だけあって、四方を壁に囲まれた部屋をひとつあてがわれている。

幕間には化粧直しをするため、人の出入りはあまりない。

結之助が素知らぬ顔で部屋に近寄ると、ちょうど身のまわりの世話をする若い衆が出てくるところだった。

物陰に隠れてやり過ごし、鏡台に向かう梅之丞がひとりであることを確かめる。

音もなく背後に近づくや、白粉を塗る白い手が止まった。

千両役者は描いた眉を寄せ、紅の差されていない口を動かす。

「誰だい。人を呼ぶよ」

「呼ぶがいい」

結之助は左手を伸ばし、梅之丞の襟を摑もうとする。

するっと、着物が脱げた。

つぎの瞬間、梅之丞は二間近くも飛びあがり、ふわりと天井の隅に張りついた。

「家守《やもり》だな」

あまりの身軽さに、さすがの結之助も面食らうしかない。

高いところに後ろ手で張りついたまま、梅之丞はこちらを見下ろした。

「なあるほど、わかったよ。御広敷の組頭をあの世へおくった御仁だね」

「さよう。おぬしらに拐かされた娘たちを捜している」

「ふん、知るはずないだろう」

「吐かねば斬る」

結之助は、同田貫の柄に手を添えた。

「へへ、やってみな」

梅之丞は宙返りで畳に降りたち、猫のように飛びかかってきた。

「死ね」

突きだされた右手には、銀簪《ぎんかんざし》が握られている。

地金《じがね》を晒《さら》した梅之丞の顔は、まるで、般若《はんにゃ》のようだ。

結之助は動かず、避けようともしない。

簪の先端が、右の耳朶《みみたぶ》を串刺しにした。

「あっ」

驚いた梅之丞の襟首を摑み、左手一本で捻じあげる。

簪が転げおちた。

希代の女形は、宙に浮いた足をばたつかせる。

「く、苦しい……は、放してくれ」

手を放すと、おもいのほか逞《たくま》しいからだが畳に落ちた。

梅之丞は激しく咳きこんだあと、抵抗する気も失《う》せたのか、両脚を揃えて斜めにくずし、がっくり項垂《うなだ》れる。

「金になるんだよ。だから、やったのさ。大奥の婆さんを誑《たぶら》かし、悪事の片棒を担がせたんだよ」

そのうち、味をしめた立花のほうが自らすすんで拐かしをやるようになった。

「おぬし、拐かしをやらねばならぬほど、金に困っていたのか」

「千両役者だって、ひと皮剝けば火の車さ。役者の給金だけじゃ追っつかないほど、借金をしちまったんだよ」

博打《ばくち》に女、衣装道楽に食い倒れ、いったん身についた贅沢を捨てることができず、金は湯水のようには使えなくなっていった。

「こんな日が来ることはわかっていた。いいや、こんな日が来ることを待ちのぞんでいたのさ。おまえさん、名は何というんだい」

「朝比奈結之助だ」

「右腕は、どうしたのさ」

「みずから斬ってすてた」

「え、どうして」

妻の操を守るために断ったのだと、正直にこたえてやると、梅之丞は口をへの字に曲げた。

「けっ、そんなはなし、誰が信じるかってんだ。でも、朝比奈結之助って名は覚えといてやるよ。ふっ、おれは生まれついての千両役者だ。この世に未練なんざねえ。あの世の地獄で待ってるぜい」

梅之丞は凄艶な笑みを浮かべ、むぎゅっと舌を嚙みきった。

口から糸のように血を引きながら、拝むようなすがたでこときれる。

と、そこへ。

肥えた商人が訪ねてきた。

「ごめんよ、梅之丞はいるかい」

光沢のある桟留《さんとめ》に銀拵えの脇差、金々めかした悪相の商人は浪花屋与左衛門にほかならない。

気軽に声を掛け、つっと顔を出した途端に色を失う。

「う、梅之丞」

結之助は音もなく身を寄せ、鳩尾に当て身を食らわせた。

「ぬぐっ」

ぐったりした浪花屋を、ひょいと肩に担ぎあげる。

「おぬしには、ちと聞きたいことがある」

部屋を出て耳をかたむければ、出囃子《でばやし》が賑やかに鳴りはじめている。

熱心な客の拍手や歓声も聞こえたが、表舞台にあがるはずの主役はもうどこにもいない。

九

浪花屋与左衛門は後ろ手に縛られ、大名屋敷の中庭に筵《むしろ》を敷いて座らされた。

ここは、愛宕《あたご》下薬師《やくし》小路にある長岡藩牧野家の中屋敷だ。

庭に白砂は敷かれていないものの、ここが悪党を裁く白洲《しらす》であることにまちがいはない。

座敷は三間に仕切られ、唐紙を貼った襖《ふすま》で仕切られている。

前方は三尺板縁の折りまわしで、中央に一間幅三段の階段がしつらえてあった。

裁きの主である忠兵衛翁は、雨竜を背負っている。

浪花屋の仰ぎみる上の間正面の襖には、のたうちながら炎を噴く双頭の雨竜が描かれていた。

それにしても、迫力がある。老骨の筆で描かれた竜とはおもえない。

中段の左をみれば、ひとりだけ裃《かみしも》を纏った佐久間監物が控えている。

そして、下段には蹲踞同心《つくばいどうしん》よろしく、深堀左内が黙然と座っていた。

結之助は庭の片隅に植えられた槐《えんじゅ》のもとに佇み、詮議の行方を見守っている。

さきほどから、もっぱら問いただしているのは、佐久間であった。

「観念いたせ。もはや、おぬしらの悪事は明々白々」

浪花屋は糾されるがままに、大奥奉公の女中を「神隠し」と称して拐かした事の一部始終を喋った。

みずからの仕立てた大型廻船で娘たちを運び、何者にも邪魔されない大海のただなかで唐船に売りつけてきたのだという。

唐船とはまさしく、人買い船にほかならない。

当初は市井から町娘たちを拐かしていたが、ひとりあたま五十両そこそこにしかならず、相当な数を集めなければ儲けにはならなかった。その点、言葉つきや立ち居振る舞いの優雅な御殿女中にはよい値が付き、ひとりあたま三百両はくだらぬため、いちどうまみを知ったらやめられなくなったというのである。

浪花屋は日向飫肥《おび》藩の御用達であった。

梅窓院からのぞむ銀杏並木のさきには、飫肥藩の下屋敷がある。

おつね婆の子守歌を聴いて「日向の人買い船」に引っかかったのは、記憶の片隅に飫肥藩の藩邸があったからだ。

結之助の心を見透かしたように、忠兵衛は溜息を吐いた。

「日向の人買い船か。市井の噂も侮《あなど》れぬものよな」

浪花屋の口からは、黒幕の名も漏らされた。

砂土原頼母《さどはらたのも》、飫肥藩の藩財政を握る重臣だという。

砂土原は私欲に駆られ、山っ気のある浪花屋を抱きこみ、とんでもない悪事をおもいついた。浪花屋は懇意にしている梅之丞が金に困っているのを知り、大奥老女との繋ぎを取るように持ちかけた。梅之丞も背に腹は代えられない。はなしに乗り、寝物語を囁きながら巧みに誘いかけ、立花をその気にさせたのだ。

どうやら、それが真相らしい。

唐船に売られた娘たちは、すでに五十人は超えていると聞き、一同から驚きとも怒りともつかぬ呻きが漏れた。ただし、この半月以内に拐かした娘たちは、広尾原の阿弥陀堂から移されたあと、まだ江戸の何処《どこ》かに隠されているはずだという。

「肝心なところじゃな。娘たちをいったい、どこに移したのだ」

「それを喋ったら、わたしめをどうなされます。打ち首ですか」

浪花屋はひらきなおり、ふてぶてしい顔を向ける。

「もし、この首を刎《は》ねず、無罪放免にしてくださると仰るなら、知っていることをすべておはなし申しあげましょう」

「こやつめ」

佐久間は断じかね、上段を振りあおぐ。

忠兵衛は表情も変えず、ひとこと「許す」とだけ吐いた。

「口約束だけでは信用できませんな。一筆頂戴し、うちの番頭に御約定書《やくじょうしょ》をお送りいただきましょうか」

浪花屋は調子に乗って、生意気なことを抜かす。

「商人づれが」

忠兵衛は憤然と立ちあがり、長押《なげし》に手を伸ばした。

からんと音がして、牧野家伝来の鎌槍が落ちてくる。

野太い柄を握りしめるや、頭上でぶんとひと振りさせた。

荒武者のごとく槍をたばさみ、忠兵衛は裸足のまま庭へ飛びおりてくる。

「ひぇっ、お待ちを」

迫力に圧倒された浪花屋は、歯の根も合わせられずに震えだす。

忠兵衛はかまわず、大股で近寄るや、腰を落として身構えた。

「きえ……っ」

腹の底から、凄まじい気合いが迸《ほとばし》る。

鎌槍は風を孕《はら》み、浪花屋の髷を吹っ飛ばした。

「のひぇっ」

ざんばら髪の商人はひっくり返り、小便まで漏らす。

「下郎、吐かぬか」

老骨は白髪頭を振り、鬼の形相で迫った。

浪花屋は顎を震わせ、両手をついて謝る。

「ご勘弁を、ご勘弁を」

「謝らずともよい。問うたことに返答せよ」

「はい。されど、移されたさきまでは存じあげません。ほんとうです。どうか、信じてください」

「何じゃと」

「お待ちを。明後日晦日《みそか》の子《ね》ノ刻、品川洲崎《しながわすさき》弁天の桟橋に船を廻す手筈になっております」

鎌槍が、すっと引っこんだ。

「品川の洲崎弁天だな」

「はい。手前の大型廻船に娘たちを乗せ、西廻りで大海へ向かうのです。手前がまいらねば、飫肥藩の方々も疑いを抱くにちがいありません」

浪花屋は必死に喋りきり、ざっと両手をついた。

「このとおりにござります。どうか、命だけはお助けを」

拐かされた娘たちは、飫肥藩の連中がどこかに隠している。

だが、砂土原なる重臣を拉致し、詮議したところで、しらを切られるだけのはなしだろう。

先方には切り札がある。娘たちを楯に取られたら、手出しのしようがない。

あるまい。

ここは自重し、敵の動きを秘かに探りつつ、洲崎弁天の桟橋へ向かうしか手は

「左内、とりあえず、この者を牢へ」

「は」

佐久間に命じられ、深堀は浪花屋を引ったてた。

「待て」

忠兵衛が言葉を発し、結之助のほうを振りむく。

「おぬしのほうから、何か聞いておくことはないか」

「なれば、ひとつだけ。猿叫を発する剣客の姓名を知りとう存じます」

「それは、国友弥十郎《くにともやじゅうろう》という剣客です」

浪花屋は、あっさり応じた。

おもったとおり、野太刀自顕流の遣い手である。

薩摩領内では名のある剣客だったが、十年前、同僚による公金横領に連座した

と誤解され、領外追放となった。

藩への復帰と己の名誉回復を宿願となし、先祖代々から薩摩に抗《あらが》ってきた飫

肥藩を頼ったのだという。当初は薩摩の隠密と疑われ、門前払いにされたが、こ

のたびの悪事を画策した砂土原の目に留まった。

「砂土原さまからご相談を受け、わたしめが雇いいれました。まんがいちに備え、立花さまの守りに就かせたのでございます。拾いものでした。薩摩は惜しい男を捨てたものだと、砂土原さまも仰いました。たしかに、江戸ひろしといえども、あれほどの剣客を、おいそれとみつけだすことはできますまい」

結之助は、聞かずにはいられなかった。

「それで、国友弥十郎の宿願はかなえてやるのか」

「かなえてやる条件で雇いはしました。立花さまなら、それがおできになります。が、おそらく、無理でしょう。立花さまは、たぶん、約束をお忘れです。あのお方にかぎらず、大奥の年寄とはそうしたもの。下々のことに関心などありません。他人の気持ちを慮《おもんぱか》る配慮など欠片《かけら》もないのです」

自身の欲を満たすことだけに、日々、心血を注いでいるのだ。

「飼い殺しか」

忠兵衛は横を向き、ぺっと痰を吐きすてる。

手に提げた鎌槍の穂先が、怒りでぷるぷる震えていた。

十

敵に勘づかれたら元も子もない。

品川の洲崎弁天へ向かう捕り方は、深堀左内に率いられた選りすぐりの抜刀隊十数名にかぎられた。

一方、浪花屋の仕立てた大型船には大人数で乗りこむ。

いずれも、水夫《かこ》に化けた長岡藩の藩士たちである。

浪花屋の動きを見張る役目は、結之助に託された。

蔭間の京次も乗りこんでいる。懐中に匕首を吞み、浪花屋に少しでも妙な動きがあれば、躊躇《ちゅうちょ》なく刺す気でいた。

「あんたらに命じられるがまま、船を運んできてやったぞ。ここからさき、どうするつもりだ」

横柄な浪花屋に向かって、結之助は淡々と応じた。

「予定どおり、娘たちをひとり残らず船に乗せる」

「なるほど、船に乗せてしまえば、斬りあいに巻きこまれずともすむ。わしの命は助けるという約束は守ってもらうぞ」

「武士に二言はない。ただし、わずかでも妙な動きをしてみろ。首と胴がはなれることになる」

「ふん、わかっているさ」

予定の子ノ刻は近づいている。

夜空に月はなく、暗い海が大口を開けていた。

大型船は桟橋に横付けできないので、迎えの船を三艘出す手筈になっている。

幸運にも、海は凪《な》いでいた。

桟橋を目で見定められる波間に投錨《とうびょう》し、三艘の小船を海上に浮かべる。

小船といっても、七、八人は楽に乗れそうな大きさだ。

浪花屋ともども、そのうちの一艘に乗りこみ、じっと合図を待った。

同じ船には、京次と藩士一名が乗りこみ、棹と櫂《かい》を握っている。

ほかの二艘にも、長岡藩の藩士たちが船頭役で乗りこんでいた。

突如、桟橋に光が灯った。

「龕灯だよ」

京次が指を差す。

光は二度、三度と、大きく円を描いた。

「よし、漕ぎだせ」

結之助の合図で三艘は軽快に水面を滑り、龕灯の光へ吸いこまれていく。

桟橋では、捕り方装束の侍たちが待ちかまえていた。

「飫肥藩の連中だ」

と、浪花屋が嬉しそうに叫ぶ。

数はおそらく、二十を超えていよう。

藩士たちの背後には、二十人からの娘たちが後ろ手に縛られ、横一列に並ばされていた。

まちがいない。大奥奉公の多聞たちだ。

なかには「神隠しに遭った」と通告され、親が泣く泣く人別帳《にんべつちょう》から外した娘もふくまれているはずだ。

みな、憔悴《しょうすい》しきっており、俯いたまま顔もあげられない。

猿轡《さるぐつわ》まで嚙まされているようだ。

ざっと見渡したところ、おたまのすがたはない。

結之助は、がっくり肩を落とした。

浪花屋に糾しても、首を捻るばかりだ。

いちいち、娘の顔など覚えていないという。

ひょっとしたら、おたまは素姓を疑われたのかもしれない。

みずからの居所を外に報せるべく、怪しい動きをしたのだ。

「まさか」

消されたのではあるまいか。

不吉な予感が脳裏を過《よ》ぎる。

いよいよ、桟橋が近づいてきた。

恰幅のよい侍が目敏くこちらをみつけ、大声を張りあげる。

「浪花屋、ごくろうであったな」

「これはこれは、砂土原さま、御自らお出ましいただくとは恐れ入ります」

如才《じょさい》なく応じた商人の厚顔と、わずかに沈黙した相手の固い表情が気になった。

こやつ、砂土原ではないな。

それと察するや、結之助は立鼓《りゅうご》の柄を握る。

「浪花屋、おぬし、裏切ったな」

「ひぇっ」

白刃一閃、抜きぎわの一刀で浪花屋与左衛門の喉笛を裂き、結之助は舳先をたんと蹴りあげた。

飛び魚のように跳躍し、砂土原と呼ばれた侍の脳天へ、乾坤一擲《けんこんいってき》の一撃を振りおろす。

「ぶぐっ」

侍は身をくねらせ、桟橋から落ちていった。

水飛沫をかいくぐり、結之助は娘たちのもとへ迫る。

抜刀しかけた敵を峰打ちにし、娘たちをひとつところにまとめた。

「京次」

「ほいきた」

猿のように駆けてきた京次が、娘たちの縄を解いていく。

そのあいだにも、桟橋の背後では剣戟《けんげき》がはじまっていた。

異変に気づいた深堀の抜刀隊が躍りだし、飫肥藩の連中に襲いかかったのだ。

敵味方とも相当な手練を揃えており、そこかしこで熾烈《しれつ》な火花が散っていた。

「ふわああ」

脅しあげる喊声《かんせい》と喊声がぶつかり、すぐさま、桟橋の周辺は阿鼻叫喚《あびきょうかん》の坩堝《るつぼ》と化していく。

結之助は混乱の狭間を縫い、娘たちを三艘の小船に導いた。

「こんちくしょう、くそったれ」

京次は悪態を吐きながらも、懸命に手伝う。

娘をひとりひとり抱きあげ、小船に移していった。

一艘目は満杯になり、すぐさま、二艘目に取りかかる。

二十人からの娘を無事に移すのは至難の業《わざ》だ。

「逃すな」

敵は猛然と斬りこんでくる。

そのとき。

利かん気の強そうな娘が飛びだしてきた。

「縄を切って。早く早く」

そう言って、結之助に背中を向ける。

縄を切ると、水を得た魚のように敵に向かっていった。

「待て、おい」

娘は素手で敵の懐中に潜り、相手に当て身を食《くら》わすや、刀を奪いとる。

　そして、振りむきざま、斬りつけてきた別の侍の胴を抜いた。

「長岡藩江戸家老、佐久間監物が姪、萩乃にござります」

　端整な顔つきで名乗り、右八相に構える。

　ほうと、溜息が出てしまいそうな物腰であった。

「小癪な」

　上段の一撃を浴びせる侍の白刃を弾き、またもや、すっぱり胴を抜く。

　見惚れていると、深堀左内の千鳥十文字槍がぶんと唸りをあげた。

「萩乃さまは、冨田流の免状持ちなのさ」

　忘れていた。どうりで強いはずだ。

　冨田流は小太刀を多用するので、女人には馴染みやすい流派なのだ。

「ふふ、萩乃さまは案ずるにおよばぬ」

　不敵に笑う無双左内は「ぬおっと」と雄叫《おたけ》びをあげ、十文字槍を旋回させながら敵中に躍りこむ。

「おいおい、ここは関ヶ原かよ」

　後ろで京次が叫んだ。

　萩乃の活躍もあって、娘たちはあらかた船に移された。

すでに、二艘は沖に向かって漕ぎだしている。

だが、肝心のおたまはいない。

敵はひとたび怯《ひる》んだものの、いっこうに退く気配をみせず、剣戟《けんげき》は激しさを増すばかりだ。

背後の暗闇が動いた。

「静まれい」

戦場錆《せんじょうさび》の利いた大音声が響き、正面から龕灯が照らされる。

堂々とした体軀《たいく》の侍が、ぬうっとあらわれた。

烏帽子《えぼし》頭巾をかぶり、絹地の着物を纏っている。

本物の砂土原頼母であろうことは、容易に想像できた。

桟橋に佇む結之助から、優に二十間近くは離れている。

敵も味方も闘いの手を止め、飫肥藩の重臣に注目した。

「これをみよ」

砂土原が叫ぶと、配下のひとりが汚れた着物の娘を連れてきた。

「おたま」

狼狽《うろた》えたように叫んだのは、深堀左内である。

おたまは後ろ手に縛られ、痛めつけられた様子だった。

砂土原は眼下の敵味方を睥睨《へいげい》し、太鼓腹を突きだす。

「この娘、うぬらの配下であろう。萩乃とか申す娘が名乗りおったな。おぬしらも、牧野家の者たちか。なにゆえ、牧野家の間諜が迷いこんだのじゃ。ほれ、そこの十文字槍を提げたおぬし、こたえてみせよ」

深堀は唇を嚙み、ひとことも発しない。

「ふん、言わずともよいわ。娘の命が惜しくば、こたびの一件には目を瞑り、黙って去るがよい」

深堀の脇に立った萩乃が、白刃を提げて迫った。

「その娘を放しなさい」

「ふふ、一歩でも近づいてみろ。こうしてくれる」

砂土原は白刃を抜き、鋭利な先端をおたまの首筋にあてがう。

つうっと、血が筋を曳いた。

そのときである。

突然、おたまが笑いだした。

「ふほほほ」

身を反らして笑い、砂土原を睨みつける。

「間諜の命なぞ、河原の石ころも同然さ。雇い主が顧みようはずもないわ」

「ほざけ。ならば、のぞみどおりに逝かせてやる」

砂土原はすっと、刀を振りあげた。

おたまは覚悟をきめ、眸子《まなこ》を閉じる。

そうはさせぬ。

「はう」

結之助はぶんと腕を振り、同田貫を投擲《とうてき》した。

白刃は弧を描き、砂土原の足許に突きたつ。

「莫迦め、かすりもせぬわ」

結之助の狙いは、ふんぞり返った重臣ではない。

おたまがすかさず意図を察し、突きたった白刃に背を向けた。

寄りかかり、すっと屈んだ拍子に、ぱらりと縄が切れる。

解きはなたれたおたまは、両手で同田貫を摑んだ。

「やっ」

振りむきざま、砂土原の胸を薙ぎあげる。

浅い。

弾かれた。

砂土原も剣のおぼえがあった。

「つおっ」

すかさず、配下が脇から斬りこんでくる。

これを巧みに躱し、おたまは臑《すね》を刈った。

「ぎゃっ」

そこへ、砂土原の突きがくる。

おたまの頰が、すっと裂けた。

「あ」

萩乃が声をあげた。

結之助も拳を固める。

つぎの瞬間、入れちがいに繰りだされた同田貫の先端が、砂土原の喉首を串刺しにした。

「にぇっ」

砂土原は首に白刃を刺したまま、ふらふらと歩きだす。

しかし、すぐに力尽き、石に躓《つまず》くように倒れていった。

おたまは表情も変えずに身を寄せ、物言わぬ砂土原の顔を踏みつけるや、じゅぽっと刀を抜いてみせる。

絹の着物で丁寧に血を拭いとり、刀を握りしめ、桟橋に降りてきた。

「おたま、ようやった」

深堀は微笑み、労《ねぎら》いのことばを掛けた。

もはや、抗おうとする敵はひとりもいなかった。

十一

無論、これで幕引きとはならない。

「さて、最大の奸物《かんぶつ》をどうするか」

忠兵衛はことばを濁した。

結之助には一片の躊躇もない。

大奥年寄の立花は成敗しなければならぬ。

譜代の長岡藩にしてみれば、関わりを微塵も悟られぬよう、幕府としがらみを持たない結之助を頼るしかなかった。

だが、立花のもとに行きつく手前には、国友弥十郎という堅固な壁が立ちはだかっている。

ふたたびまみえ、尋常な勝負を挑み、勝ちを拾う必要があった。

数日後、深堀左内より内々に、立花が増上寺を御台所の御代参で訪れるとの報せがもたらされた。

さっそく、結之助は芝へやってきた。

かたわらには、おたまのすがたもある。

どうしても見届人をやらせてほしいとの願いを聞きいれ、仕方なく連れてきたのだ。

「手出しは無用ぞ」

厳しく言いおき、約束させた。

同田貫の件で、恩を感じているらしい。

口に出して礼を言うのが恥ずかしいのか、むっつりと黙っている。

ただ、いつもは醒めたおたまが、やけに熱くなっているなと感じた。

立花の局の一行は朝方、虎之御門を抜けたのち、愛宕下の広小路を通りすぎ、北面の御成御門《おなりごもん》から増上寺の本殿に向かう。

襲うとすれば、御成御門に入るまえのほうがよい。

大路をまがった左手には、都合よく、身を隠しておくことのできる馬場があった。

馬場に潜んで待ち、行列が長く伸びたところを狙うのだ。

一行が通過するであろう二刻（およそ四時間）ほどまえから、ふたりは馬場に潜んでいた。

切通しの鐘が明け六つを報せたばかりで、丈の高い草叢は朝焼けに包まれている。東涯《とうがい》の空はどす黒い血の色に染まり、不吉な一日のはじまりを暗示しているかのようだ。

駕籠を守る側の立場になれば、馬場はもっとも警戒すべき場所であろう。

結之助は、そう踏んでいた。

かならずや、国友弥十郎はあらわれる。

早くからやってきたのは、決着をつけるためだった。

おたまは、半信半疑のようだ。

「ほんとうに来るのかい」

「ああ、来る。立花に恩を売るには絶好の機会だからな」

「恩を売って、どうしようってのさ」

「宿願を果たしてもらう気なのだ」

「宿願」

「藩への復帰だ」

「そんなつまらぬことのために、命を賭けようってのかい」

「武士にとって命よりだいじなもの、それは名だ」

「名」

藩籍を回復することでしか、地に堕ちたおのれの名誉を取りもどす方法はない。

国友は、そうおもっている。

「この勝負に勝てば、その願いとやらは聞きとどけられるのかい」

「まず、無理だろうな」

「え」

浪花屋も言っていたとおり、高慢な立花が一介の浪人の願いを聞きいれ、骨を折るとはおもえなかった。自分のような立場の人間を守るのは当然のこと、ただの役目にすぎぬと割りきっているはずだ。

国友は薄々それと察しつつも、一縷《いちる》の望みを託し、勝ちを拾いにやってくる。

結之助は、どうしても聞いてみたかった。

なぜ、あのとき、命を救ってくれたのか。

おたまは口を尖らせる。

「あんた、勝てるのかい」

「さあな」

肌に心地よい風が吹いてきた。

草の靡《なび》いた風下に大木のような大男が立っている。

「来た」

おたまが吐きすてた。

結之助は朝日を背負い、ゆっくり近づいていく。

「あんた、死んじゃ厭だよ」

おもいがけぬおたまの台詞に、ぐらりと心が動いた。

結之助は立ちどまり、じっと国友を睨みつける。

国友が嗤《わら》った。

「ぬはは、やはり、来おったか」

「おぬしもな」

おたがいに歩みより、五間ほどの間合いを保って対峙する。

「おぬし、名は」

「朝比奈結之助」

「生きて二度もお目に掛かるとはな。おぬしが初めてだ」

「そっちが命を助けたからさ」

「助けたのではない。わしは対峙すれば、たちどころに相手の力量を見抜くことができる。それが特技でな。かなわぬとおもえば、立ちあわぬ。おかげで、ここまで生きのびてこられた。ただ、おぬしだけは見抜けなんだ。相応の力量はある。それがどの程度のものなのか。推しはかろうとすれば、闇に引きずりこまれそうになった。おぬしは底知れぬ闇を抱えておる。生かした理由はそれよ。底知れぬ闇の正体がどうしても知りたくなってな」

「きっと後悔することになる」

「ふふ、たいした自信ではないか。おぬし、流派は」

「無住心《むじゅうしん》」

「ほほう、史上最強を謳《うた》われた針ヶ谷夕雲の剣か。極意は、ただ、太刀を掲げて落とすのみ。必殺の一手は、嬰児の戯れにも似るという」

「さよう。神速果断を尊ぶ野太刀自顕流とは、対極にあるやもしれぬ」

「なるほど。わしが動で、おぬしが静というわけか」

猿叫に念を込め、熱情を迸らせるのが野太刀自顕流ならば、無住心空鈍流はあるかなきかの境地に身を置き、沈黙とともに引導を渡す剣ともいえよう。

ただ、どちらも一撃必殺の剣であることにかわりはない。

結之助も国友も、一刀で勝負は決すると察していた。

おたまでさえ、そうであろうと予感している。

「隻腕であれば、片手打ちを磨くしかあるまい。それがどれほどのものか、みせてもらうぞ」

身を捨てて打ちこむ相手ほど、厄介なものはない。

野太刀自顕流の初太刀は、避けるのが鉄則である。

だが、避ければ勝ちはないと、結之助はおもっていた。

相打ち覚悟で斬りむすび、相手の一撃を弾きかえす。

死中に活を求め、そこからさきは、運を天に任せるよりほかにない。

すでに、胆は据わっていた。

相手への恐怖は微塵《みじん》もない。

結之助は、ふっと肩の力を抜いた。

「教えてくれ。非道な悪人の手先となってまで、おのが名を遺したいのか」

「遺したい。どのような手段を使ってでもな」

立花は望みをかなえてくれぬぞという台詞を、結之助は呑みこんだ。

ふたりの勝負には関わりのないことだ。

国友が勝ち、立花に裏切られたと悟れば、自らの手で始末をつけるであろう。

それだけのはなしだ。

逆《さか》しまに結之助が勝てば、国友のおもいも刀に乗せ、立花を成敗しなければなるまい。

ふたりは同時に刀を抜き、じりっと迫った。

国友は右八相から、両腕を斜めに伸ばす。

蜻蛉《とんぼ》の構えだ。

「天を突こうとしているような」

野太刀自顕流に受け太刀はない。

攻めに攻めたて、相手を圧倒する。

刀は身幅の広い直刀で、本身も柄も長かった。

鍔《つば》は小さい。鍔迫りあいを念頭におかぬためだ。

「まいる」

発したのは、結之助のほうだった。

「よし」

国友は応じ、ぐっと腰を落とす。

両方の踵を地面から、すっと浮かせた。

ふたり同時に、地を蹴りあげる。

前屈みの姿勢で駆けよせた。

「ちぇーっ」

朝焼けの草原に、猿叫が迸った。

結之助は動じない。

ただ、太刀を掲げて落とすのみ。

「ぬわっ」

突如、彼岸がみえた。

おのれの剣理に殉じる覚悟はできている。

迫りくる国友の五体は、炎に包まれていた。

生死の間境を越えてもなお、ふたつの影は加速する。

激突した。

すれちがう。

火花も散らず、断末魔の叫びもない。

ときが止まったかのようだった。

背後で固唾《かたず》を呑むおたまは、膝をがくがく震わせている。

いったい、どちらが勝ったのか。

あまりにも太刀行が捷《はや》く、おたまには見極められない。

「結之助さま」

おもわず、名を口にしてしまい、はっとする。

死んでほしくないというおもいが、相手を慕う気持ちに変わりつつあった。

恋情にも似た甘酸っぱい気持ち。なぜ、気づいてはいけないときに、気づいてしまったのだろう。

こちらに顔を向けた国友も、背を向けた結之助も、刀の切っ先を下げている。

微動だにせず、ふたりとも石仏のように佇んでいた。

と、そのとき。

がくっと、結之助が片膝をついた。

「あっ」

おたまが走りかけたとき、国友の眉間《みけん》にぴきっと罅《ひび》が入った。

「ぶるおおお」

国友の脳天から、夥《おびただ》しい鮮血が噴きあがった。

結之助は膝を折って蹲《うずくま》り、頭から血の雨を浴びている。

斬られたのではない。一瞬の勝負にすべての力を使いはたし、勝利を得た途端、膝が抜けたのだ。

小細工は、何ひとつない。

真っ向勝負を挑み、紙一重のところで生きのこった。

「か、勝った」

結之助の眸子《まなこ》からは、滂沱《ぼうだ》と涙が零れている。

憐憫《れんびん》もなければ、未練もない。

情感の流れに応じて溢れる涙ではなかった。

が、その味はいつもより、いくぶんか苦いものに感じられた。

人を斬ったあとの虚しさは、斬った者でなければわからない。

頬を伝う涙は国友の血で染まり、まるで、結之助は血の涙を流しているようだった。

「結之助さま」

おたまに名を呼ばれても、応じるべきことばはない。

まだ、やらねばならぬことがある。

結之助は朝日を浴びながら、屍骸となった強敵に背を向けた。

十二

御代参の行列は長々とつづいていた。

白地に花模様の打掛を羽織った御使番《おつかいばん》を先導役に、四人の挟み箱持ちがつづき、その後ろには守《も》り役の御広敷添番や伊賀者が目を光らせている。さらに、小人侍数名が取りかこむなか、立花を乗せた朱漆塗り棒黒《ぼうぐろ》の網代駕籠がゆったりと進んできた。

駕籠を担ぐ陸尺は先棒ひとりに後棒ふたり、網代駕籠には左右と前に窓があり、飾りの紋金物は三つと定められている。駕籠脇には多聞数名もしたがい、手替わりの陸尺や合羽籠《かっぱかご》持ちなどのすがたもみえた。

そこから、相当の間合いを隔てて、部屋を仕切る局が乗る鋲打駕籠もつづき、こちらにも手替わりや挟み箱持ちがつきしたがっている。

御台所の御代参は公の幕府行事にほかならず、規模は十万石の大名と同等、格式は老中と同等とされているだけに、行列の陣容も仰々《ぎょうぎょう》しい。

沿道の左右には、大勢の見物人たちが平伏していた。

網代駕籠が面前を通りすぎるときは、地べたに額《ぬか》ずいて見送らねばならない。大奥年寄の駕籠を襲うなどという行為は、正気の沙汰ではなかった。

「それでも、あんたはやるんだね」

おたまが隣で囁いた。

ふたりは、御成御門のみえる大路の道端に座っている。

両隣には、町人らしき見物人がずらりと座っていた。

すでに、行列の先頭はとらえている。

苛立《いらだ》ちをおぼえるほど、緩慢な足取りだ。

だが、結之助の決断には、微塵の揺らぎもない。

行列は徐々に迫り、先触れが鼻先を通りすぎた。

結之助とおたまはお辞儀をし、先触れの一団をやり過ごす。

沿道に鋭い眼差しを浴びせるのは、御広敷添番であろう。

渋谷川沿いの馬場で斬った野尻兵馬は、御広敷の組頭だった。

拐かしも役目と開きなおり、立花の命に疑念すら抱いていなかった。

死んで当然の輩とはいえ、死に様は犬死にも同然だった。

おもえば、このたびの一件では多くの者が屍骸となった。

にもかかわらず、立花は豪華な衣装を纏い、立派な網代駕籠に乗り、何食わぬ顔で増上寺へ向かっていく。

許せぬと、結之助は心底からおもった。

人の命をないがしろにし、おのれの権威付けに心血を注ぐ。

そうした行為の愚かさを、今から証明してみせねばならぬ。

御代参の年寄に刃を向ける行為は、御台所に刃を向けるということに等しい。

御台所が権威の象徴だとすれば、結之助が左手一本で両断しようとしているものは、立花の背後にある幕府の威光そのものかもしれなかった。

それゆえ、忠兵衛も手を下すことに一抹の躊躇をおぼえたのだ。

結之助は武士を捨てたのではないが、権威とは無縁のところにいる。

幕府にたいして、何らの忠義だてをする必要は無い。

心には、異国に売られた娘たちの嘆きと苦しみだけがある。

泣き寝入りするしかない双親たちの口惜しさと恨みだけが、みずからを衝きうごかす力の源泉だった。

宿願を果たす機も得られずに逝った国友弥十郎の魂魄《こんぱく》も刀に乗せ、醜悪な化け物を一刀両断にせねばなるまい。

朱漆塗りの網代駕籠が、目の端を通過した。

結之助は、左手で同田貫を拾いあげる。

やおら立ちあがり、影のように迫った。

「ぬわっ、くせもの」

驚きの声を発した添番に身を寄せ、鞘のこじりを突きだす。

「ぐえっ」

添番は鳩尾を突かれ、両膝を落とした。

結之助は本身を抜き、黒鞘をからんと捨てた。

踵をすっと浮かせるや、脱兎のごとく走りだす。

「うわっ」

陸尺たちは駕籠を捨て、蜘蛛の子を散らすように逃げていく。
「何事じゃ、いったい何事じゃ」
駕籠の内で、立花の声が裏返っている。
結之助は無言で、表情も変えずに近づいた。
半間手前で身を沈め、地べたをとんと蹴りあげる。
「あ」
供人も見物人たちも、眼差しを天に向けた。
蒼い空。
遥かな高みから、野太い白刃が振りおろされてくる。
——斬。
結之助は地に降りたち、両脚を開いて立った。
網代駕籠に亀裂が入り、左右にちぎれていく。
堅固な担ぎ棒も、粗朶《そだ》のように断たれていた。
「ひぇっ、ひぇぇぇ」
立花は、無傷で生きている。
襟から長い首を差しだし、鶏が絞められたような声を発した。

結之助は、すっと腰を落とす。

「お覚悟。くりゃ……っ」

腹の底から気合いを発し、同田貫を薙ぎあげた。

――びゅん。

刃風が唸る。

刹那、立花の首が二間余りも飛んだ。

芝切通しの鐘が、物悲しげに捨て鐘を打ち始める。

どよめきが湧きおこり、ようやくみなが我に返ったころ、隻腕の刺客のすがたは煙と消えていた。

十三

門口に刺された厄除《やくよ》けの柊《ひいらぎ》と鰯《いわし》の骨は、卯《う》の花にとってかわられた。

「とうきたり、おしゃか、おしゃか……」

いがぐり頭に綱の鉢巻、素肌に黒の半法衣を着けた願人《がんにん》坊主が、安価な仏像を売りながら露地裏を徘徊《はいかい》している。

立夏《りっか》。

暦どおり、頬を撫でる風は生温《なまぬる》い。

人々が身に纏う着物も綿を抜かれ、軽そうだ。

ひなた屋では、娘たちの手で花御堂《はなみどう》が築かれた。

「牡丹、芍薬《しゃくやく》、藤、百合、杜若《かきつばた》……」

おせんが指を差しながら、花の名を繰りかえしている。

花で飾られた御堂の中央には仏像を安置し、甘茶を掛けて釈迦《しゃか》の生誕を祝う。甘茶で目を洗うと効験があるとされ、甘茶ですった墨で「蟲」の字を書いて逆さに貼れば虫封じに効くという。

「ひなた屋に来たら、虫封じの護符がそこいらじゅうにべたべた貼ってあるのさ」

と、蔭間の京次は皮肉を吐いた。

「おふく姐さん、こいつは娘たちに虫がつかない呪《まじな》いかい」

「ご名答。なにせ、ひなた屋は男子禁制だからね。ただし、おかまちゃんと年寄りは別だけど」

「おかまちゃんってのはおれで、年寄りってのは紋蔵親分だな。それじゃあ聞くが、ひなげしの旦那はいいのかい」

「いいのさ。旦那はひなた屋の守り神だからね」

「へえ、とうとう神様になっちまった。でも、何だかしっくりこない説明だよ。姐さん、ひょっとして、旦那に惚れているんじゃ……」

「な、何を莫迦なこと言ってんだい。ほら、邪魔だよ。とっとと、お帰り」

おふくは耳まで赤く染め、箒《ほうき》で京次を叩きだそうとする。

どうやら、まんざらでもないらしい。

だが、結之助の意識は、そうした掛け合いから遠いところにあった。

大奥の奸物を成敗して以来、心ここにあらずといった風情なのだ。

確たる理由はわからない。

女人を斬ったからなのか。

それとも、無抵抗の相手を斬ったからか。

あるいは、立花を斬ったことが理由ではないのか。

考える気力すら失い、終日、日の当たらないひなた屋の片隅で惚けたように蹲っている。

おふくも娘たちも気を遣い、そっとしておいてくれた。

唯一、おせんだけが自分の好きなときにやってきて、遊びをねだる。

お手玉や立鼓廻しや芥子之助の相手をしつつも、結之助の心はどこかよそにあった。生まれ故郷の下総小見川に残してきた娘のすがたが、ふとした拍子に浮かんできた。

日本じゅうが猛暑と旱魃《かんばつ》に悩まされた昨夏の終わり、結之助は矢も楯もたまらず、五年ぶりに小見川を訪ねた。

亡くなった妻の実家は湊町の外れ、水子地蔵の祠があるふた股の道をまがり、ゆるやかな坂道を登ったさきにある。冠木門《かぶきもん》の際には紅い花を咲かせた百日紅《さるすべり》が植わっており、六つになったおかっぱ頭の娘は百日紅の木を揺すって嬉しそうにはしゃいでいた。

邂逅《かいこう》はかなわなかったが、そのすがたを目にしただけで幸福な気持ちになった。娘を育ててくれた義父母に胸の裡で感謝し、重い足を引きずりながら江戸へ舞いもどってきたのだ。

幸福とは手放してはじめて気づくものだと、紋蔵は言った。

市井の人々があたりまえのように享受できる幸福こそ、かけがえのないものなのだろう。

ささやかな幸福を侵す輩は、生かしておくべきではない。

それゆえ、立花を斬った。

正義は、結之助にある。

だが、虚しさは如何《いかん》ともし難い。

肥えた三毛猫が、日だまりで欠伸《あくび》をした。

「初鰹《はつがつお》でも食べたいねえ」

おふくは長火鉢の向こうで、ぽろっとこぼす。

「でも、買っちまうのも口惜しい気がするよ。なにせ、初鰹なんてものは貧乏人が気負って買うものだからね」

露地裏から、金魚売りの声が聞こえてくる。

「へへ、向島のご隠居が来なすったぜ」

いったん外に出ていった京次が、嬉しそうに戻ってきた。

おふくは尻を持ちあげ、おせんと三毛猫を連れて表口に向かう。

「さあ、旦那もこっちに来なよ」

みなに誘われ、結之助も外に出た。

「みな、揃っておるか」

焙烙《ほうろく》頭巾をかぶった忠兵衛翁が、どぶ板を踏みしめながらやってくる。

後ろにしたがえているのは、薄化粧のおたまと岡持《おかもち》を担いだ魚屋だ。

「ほうれ、銚子《ちょうし》沖で獲れた初鰹じゃ」

忠兵衛は大きな鰹の尾を握り、高々と掲げてみせる。

突きぬけるような蒼天に、燕《つばめ》のつがいが飛んでいた。

「巣を忘れずに帰ってきたんだよ」

おせんが嬉々として、ひなた屋の軒下を指差した。

もうすぐ、夏が来る。

人を斬ったわけでもないのに、ひと筋の涙が結之助の頰を伝って流れおちた。

二〇一〇年三月　光文社文庫刊

光文社文庫

長編時代小説
秘《ひ》剣《けん》横《よこ》雲《ぐも》　ひなげし雨《う》竜《りゅう》剣《けん》㈡
著者　坂《さか》岡《おか》　真《しん》

2018年7月20日　初版1刷発行

発行者　鈴木広和
印刷　慶昌堂印刷
製本　ナショナル製本

発行所　株式会社　光文社
〒112-8011　東京都文京区音羽1-16-6
電話（03）5395-8149　編集部
8116　書籍販売部
8125　業務部

ISBN978-4-334-77689-3　Printed in Japan

組版　萩原印刷

上田秀人

「水城聡四郎」シリーズ

好評発売中★全作品文庫書下ろし!

聡四郎巡検譚

(一)旅発《たびだち》

(二)検断

御広敷用人 大奥記録

(一)女の陥穽《かんせい》

(二)化粧の裏

(三)小袖の陰

(四)鏡の欠片《かけら》

(五)血の扇

(六)茶会の乱

(七)操《みさお》の護《まも》り

(八)柳眉《りゅうび》の角《つの》

(九)典雅の闇

(十)情愛の奸《かん》

(十一)呪詛《じゅそ》の文《ふみ》

(十二)覚悟の紅《べに》

勘定吟味役異聞

(一)破斬《はざん》

(二)熾火《おきび》

(三)秋霜《しゅうそう》の撃《げき》

(四)相剋《そうこく》の渦《うず》

(五)地の業火《ごうか》

(六)暁光《ぎょうこう》の断

(七)遺恨《いこん》の譜《ふ》

(八)流転《るてん》の果て

光文社文庫